KB185251

찬란한 선택

찬란한 선택

이동원 장편소설

라곰

노란 숲속에 길이 두 갈래로 났었습니다.
나는 두 길을 다 가지 못하는 것을 안타깝게 생각하면서,
오랫동안 서서 한 길이 굽어 꺾여 내려간 데까지,
바라다볼 수 있는 데까지 멀리 바라다보았습니다.

_ 로버트 프로스트, 「가지 않은 길」

차례

1.

"신랑이 긴장을 많이 한 모양이네요. 허허허!"

주례가 애써 웃으며 말했다.

주례는 백발이 성성한 나이였지만 배우처럼 잘생긴 노신사였다. 사극은 물론이고 우주를 배경으로 한 SF 드라마에 출연해도 괜찮을 만큼 유행을 타지 않을 미남이었다. 어느 시대에서나 지혜롭고 책임감이 넘치는 장로 역할을 맡기면 딱 어울릴 것 같았다.

하지만 현대의 결혼식장에서 주례 역할을 맡은 노신사

는 눈앞의 상황을 타개할 지혜가 없었다. 주례고 뭐고 당장 도망치고 싶은 표정이었다. 얼굴값을 못한다고 생각할지도 모르지만 사정을 알면 이해할 만했다. 노신사의 긴 인생 속에서도 결혼 서약을 하는 시간에 입을 꾹 닫고 있는 신랑은 처음 겪어봤을 테니까.

"처음이라는 게 늘 이렇지요. 신랑도 결혼이 처음이다보니 지금 정신이 하나도 없을 겁니다. 몇 번씩 하는 분들도 있지만 그렇게 돼선 안 되겠죠. 하하하!"

주례는 정신이 없는 상태에서 농담이랍시고 떠들다가 홀로 앉아 있는 신랑의 어머니를 보고 입을 다물었다. 아마도 신랑의 어머니가 이혼한 경험이 있다는 사실을 떠올렸기 때문이리라.

내가 기억하는 최초의 결혼식은 어머니의 두 번째 결혼식이었다. 내가 여섯 살 때였다. 결혼식에서 기억에 남는 건 결국 식사뿐이라고들 말하지만 나는 그날 내가 무엇을 먹었는지 기억나지 않는다. 뭐 흔해 빠진 뷔페였겠지.

나는 기억력이 좋은 편이지만 사람이 기억할 수 있는 용량에는 한계가 있다. 그러니 굳이 기억할 필요가 없는 정보는 선별해 휴지통에 버린다. 여섯 살짜리 꼬마의 뇌가 선별한 그날의 기억할 만한 정보는 딱 하나였다.

'신랑은 신부를 아내로 맞아 오늘 이 시간 이후로 좋을 때나 나쁠 때나, 부유하거나 가난하거나, 아프거나 병들거나, 죽음이 두 사람을 갈라놓을 때까지 사랑하고 아낄 것을 하나님 앞에서 서약하겠습니까?'

주례를 맡은 목사님이 묻자 나의 새아버지가 될 남자가 결연하게 '네'라고 대답했었다. 여섯 살 꼬마의 눈에 영원을 약속하는 그 서약의 순간이 꽤나 멋져 보였다. 성인이 될 때까지도 그 순간을 잊지 못한 나는 지인들의 결혼식에 갈 때마다 늘 결혼 서약의 순간을 유심히 지켜보았다.

시대가 변하면서 결혼 서약의 내용은 많이 달라졌다. 좋게 표현하면 천편일률적인 내용에서 신랑과 신부의 개성이 드러나는 방향으로 바뀌었지만, 마음에 걸리는 점이 있었다. 날이 갈수록 영원을 약속하는 서약을 듣기가 힘들어졌다는 것이다.

서로를 존중하겠다거나 아무리 바빠도 대화의 시간을 갖겠다거나 싸우더라도 각방을 쓰지 않겠다거나 하는 서약은 유용하게 느껴졌지만 나는 '영원한 사랑'을 약속하지 않는 결혼 서약이 낯설었다.

결국 지킬 수 없는 약속이기에 사라져가는 것일까. 어머니를 끝까지 사랑하겠다고 서약했던 그 남자도 어머니를 떠났으니까.

"신랑, 잘 들었지요? 씩씩하게 큰 소리로 답하세요!"

주례는 다시 한번 서약의 내용을 읊은 후에 간절한 눈빛을 보내며 나에게 대답을 요구했다.

"……."

나의 침묵이 길어질수록 하객들의 웅성거림이 커졌다.

등 뒤에서 짐승의 기운이 느껴졌다. 자식이 위험에 처하면 총부리 앞으로도 뛰어들 용맹한 짐승의 숨소리였다. 슬쩍 훔쳐본 신부 아버지의 얼굴은 배우 마동석을 닮았다.

나는 옆에 있는 신부의 얼굴을 힐끗 돌아보았다. 신부는 금방이라도 울음을 터뜨릴 것 같았다. 크고 예쁜 눈에 수치를 참는 눈물이 맺혀 있었다. 눈물이 바닥에 떨어지면 마동석처럼 생긴 신부의 아버지가 나를 덮쳐 내 허리를 반으로 접어버릴 것 같았다.

"미안합니다."

차라리 침묵할 것을. 나는 그만 해서는 안 될 말을 하고 말았다. 고개를 숙이고 울음을 참던 신부가 머리를 들어 나를 돌아봤다. 정면으로 본 신부의 얼굴은 참 아름다웠다.

"……왜?"

신부의 입술을 비집고 고통스러운 질문이 튀어나왔다.

그 순간 신부가 어떤 생각을 했는지는 모르겠지만 신부가 떠올릴 법한 어떤 답도 정답은 아니었다.

혹시나 오해할까 봐 밝혀두자면 서약서에 영원한 사랑을 약속하는 내용이 없었기 때문은 아니다. 결혼식에서 서약에 답하지 않는 신랑이 이런 말을 한다고 해서 설득력이 있지는 않겠지만 나는 그 정도로 몰상식한 사람은 아니다.

사실 정답을 알게 된다면 대부분 나를 이해할 것이다.

정답은 간단했다.

당신을 사랑하지 않아서가 아니다.

당신을 모르기 때문이다.

이렇게 답하면 누군가는 '모든 것을 알고 결혼할 수는 없다'고 말해줄 것이다. 옳은 말이다. 누구도 상대의 모든 것을 알고 결혼하지는 않는다. 새아버지가 스무 살이나 어린 여자와 바람을 피울 줄 알았다면 어머니도 그와 재혼하지는 않았을 것이다.

우리는 미래를 알 수 없다. 우리가 가려고 하는 길이 어디로 이어지는지 안다고 생각하지만 그건 착각일 뿐이다. 그러니 모든 것을 알고 선택하겠다는 말은 아무것도 하지 않겠다는 말과 같다.

그렇게 잘 아는 사람이 왜 이런 말도 안 되는 행동을 하냐고? 당신이라면 방금 처음 본 여자와 결혼할 수 있나?

오래전에는 누구나 가능한 일이었다. 아담도 하와를 처음 보고 기쁘게 아내로 맞이했으니까.

하지만 시대가 변했다. 지금은 조선 시대가 아니다. 해시계를 만들었던 장영실은 상상도 못했을 물건인 메탈 시계가 내 손목 위에서 번쩍였다. 현재 시각은 오후 2시 59분이었다.

"이놈이!"

등 뒤에서 사자후가 터졌다. 돌아서 본 신부의 아버지는 정말이지 출생의 비밀이 의심될 정도로 마동석과 꼭 닮았다. 얼굴뿐 아니라 덩치도 복제 인간처럼 그대로였다.

마동석, 아니 신부 아버지가 소리를 치며 분노의 주먹을 들었다. 나는 그로기 상태에서 공이 울리기를 기다리는 권투 선수처럼 몸을 웅크렸지만 들리는 소리라고는 주례와 신부와 하객들의 비명뿐이었다. 한데 갑자기 시간이 멈춘 것처럼 그 모든 소리가 조용해졌다. 내 귀에 들리는 것이라곤 오로지 내 손목시계에서 돌아가는 초침의 소리뿐이었다.

째깍. 째깍. 째깍.

3시 정각이 되자 시계까지 멈췄다. 나는 웅크리고 있던 고개를 들었다. 모든 사람이 다 정지된 화면처럼 멈춰 있었다. 나를 향해 달려드는 한 사람만 빼고.

영원의 시간을 넘어 신부 아버지의 주먹이 나의 얼굴을 향해 날아왔다.

* * *

"아악!"

나는 쌀보리 게임이라도 하는 것처럼 날아오는 주먹을

향해 손을 뻗으며 일어났다. 눈을 뜨자 마동석, 그래 그냥 마동석이라고 하자. 그 편이 이미지가 분명하니까.

눈을 뜨자 마동석은 사라져버렸다. 내가 일어난 곳은 결혼식장이 아니라 내 방이었다.

우리 가족은 오래된 복도식 아파트에 살았다. 방은 두 개. 큰방은 어머니가 썼고, 나와 동생은 작은방에서 지냈다. 동생은 회사에 출근을 했고 나는 오후 3시가 되어서야 홀로 방에서 깨어났다. 지랄발광을 하며 일어나는 모습을 동생이 보지 못해 다행이었다.

주방에서 밥을 짓는 소리가 들렸다. 나는 다시 자리에 누워 귀를 틀어막았다.

작가란 족속은 예민하기 짝이 없다는 편견이 있지만 나는 원래 생활 소음 같은 것은 신경 쓰지 않고 글을 썼다. 하지만 작가가 된 지 10년이 넘어 나는 갑자기 전기밥솥이 돌아가는 소리조차 견디지 못할 정도로 민감한 인간이 되어버렸다.

다행히 전기밥솥의 소리는 길지 않았다. 나는 전기밥솥이 증기를 뿜어내는 타이밍에 맞춰 귀를 막고 있다가 손을 떼었다. 그러자 안방에 있는 어머니의 목소리가 들렸다. 어머니는 누군가와 통화를 하고 있었다.

"응, 지금도 글 쓴다고 하고 있지. 대단하긴 뭐가 대단해……, 상? 상 타면 뭐하나?"

어머니는 한숨을 푹 쉬며 말했다.

문학상을 수상하며 일간지 1면에 내 사진과 인터뷰가 실릴 때만 해도 곧 스타 작가가 될 줄 알았다.

하지만 그 후로 여섯 권의 장편 소설을 발표한 지금, 수상의 영광은 빛바랜 과거일 뿐이다.

시상식 뒤풀이 자리에서 "참 불행한 시대에 작가가 되셨네요"라는 말을 들었었다. 나는 기분이 나쁘지 않았다. 악의가 있는 말은 아니었고 그가 말한 냉정한 현실과 나의 미래는 다를 것이라고 믿었기 때문이었다. 이제 막 결혼한 사람이 불행이라는 단어를 떠올리지 못하는 것처럼.

'정말 진짜 같은 꿈이었다.'

꿈인지 생시인지 모를 꿈을 꾸는 것이 특별한 경험은 아니지만, 깨고 나서도 진짜 있었던 일처럼 느껴지는 꿈은 처음이었다.

아름다운 얼굴을 일그러뜨리며 나에게 '왜'라고 물었던 신부와 바람을 일으키며 내 얼굴을 향해 날아들던 마동석의 주먹은 내가 미쳤나 싶을 정도로 진짜 같았다.

마동석 영화를 보며 술을 마시다가 잠든 게 아니냐고?

사실 어제 마동석을 꼭 닮은 사람과 술을 마시기는 했다. 그럼 그렇지라고 단정을 내린다면 섣부른 생각이다. 내가 어제 마신 술은 고작 와인 두 잔이었다.

빤한 변명이라고 생각할지도 모르지만 나에겐 증인이 있다. 나와 함께 술을 마신 마동석을 꼭 닮은 사람 말이다. 어제 처음 만난 사람이지만 나에게 신세를 졌으니 기꺼이 나의 결백을 증언해줄 것이다.

하나님께 맹세하건대 어젯밤에 나는 멀쩡한 상태였다. 만취한 쪽은 내가 아니라 마동석을 닮은, 아니 그냥 마동석이라고 하자. 그 편이 이미지가 분명하니까.

마동석은 어젯밤 저녁 뉴스가 시작하지도 않은 시간에 사거리 중앙에 만취한 상태로 누워 있었다. 나는 하필이면 그 시간에 그곳을 지나고 있었다.

'누가 경찰에 전화를 걸겠지.'

솔직히 그냥 지나가고 싶었다. 초저녁부터 만취해 도로 한가운데 자빠져 있는 야만인과 엮이고 싶지 않았다. 하지만 12월의 밤은 얼어 죽기 좋았고 운이 좋아 얼어 죽지 않는다 해도 차에 치여 죽을 것 같았다.

"아저씨. 일어나세요! 여기 누워 있으면 안 돼요!"

반응이 없으면 바로 경찰에 전화할 생각이었다. 하지만 마동석은 내가 말을 걸기를 기다렸다는 듯이 눈을 번쩍 뜨더니 비틀거리며 몸을 일으켰다. 나는 그를 부축해 차도를 벗어나 버스 정류장 의자에 앉혔다.

가로등 불빛 아래 마동석의 얼굴이 드러났다. 안타깝게도 내가 어제 만난 마동석은 형사나 공무원, 혹은 아트박스 사장이 아니라 깡패 역할을 맡았을 때의 마동석 같았다.

"괜찮으세요?"

나는 험상궂은 상처들을 보고 겁이 나서 빤한 인사를 던지고 자리를 뜨려 했다. 하지만 마동석은 정중한 말투로 감사를 표했다.

"고맙습니다. 덕분에 목숨을 건졌습니다. 은혜를 갚고 싶습니다."

"괜찮습니다. 조심히 들어가세요."

나는 딱 봐도 나에게 해줄 것이 없을 것 같은 마동석에게 작별을 고하고 재빨리 돌아섰다. 하지만 마동석의 억센 손이 뒤에서 내 어깨를 잡았다.

"술을 한 잔 사지요."

마동석은 오랜 친구처럼 친근하게 말했다.

하지만 이상하게도 내 귀에는 '네가 술을 한 잔 사라'는 말처럼 들렸다. 중학생 때 오락실 앞에서 동네 양아치에게 돈을 뜯겼던 기억이 되살아났다. 아무 저항도 해보지 못하고 돈을 뜯기기에는 내 나이가 너무 많았다.

"제가 바빠서요. 괜찮습니다."

내가 단호하게 거절했다.

"그냥 가면 후회할걸요? 이미 많은 걸 후회하고 있잖아요?"

마동석의 말대로였다. 나는 이미 후회하고 있었다.

'역시 그냥 지나쳤어야 했어.'

마동석의 얼굴을 다시 보았다. 얼굴에 칼자국이 있는 마동석이 술을 사주지 않고 그냥 가면 후회하게 해주겠다며 나를 협박하고 있었다. 그의 의도야 어쨌건 내 눈에는 그렇게 보였다. 영화 〈나쁜 녀석들〉에 나오는 마동석의 대사가 떠올랐다.

"옛말에 이런 말이 있지. 부탁을 하면 들어줘라."

나는 마동석의 부탁을 들어주기로 하고 그의 단골 와인 바로 갔다.

'천국에서 온 와인'이란 이름의 바였다. 단층 건물로 통유리를 통해 안쪽이 다 보였다. 열두 평 남짓한 공간에 디귿 자 형태의 바가 전부였다.

바 안쪽에서 긴 머리를 뒤로 묶은 중년의 바텐더가 우리를 맞이했다. 바에는 남자 손님 한 명이 있었다. 건장한 체격에 날카로운 인상이 강직하고 집요한 형사 역할을 맡으면 어울릴 것 같았다. 나는 잠시간 집요한 형사가 내 처지를 알아채고 도움을 주길 기대해봤지만 그는 바텐더에게 인사를 건네더니 나가버렸다.

"페르튀스로."

마동석은 주문을 했다.

바텐더는 병 하나를 가져와 잔에 따랐다. 나는 와인을

잘 몰라서 심드렁한 얼굴로 앉아 있었다. 눈치 빠른 바텐더가 설명을 해주었다.

"로마네 꽁띠와 함께 프랑스의 대표적인 와인입니다. 죽기 전에 꼭 마셔야 하는 와인이라고 불릴 정도지요."

"오……."

바텐더의 말에 나는 형식적인 감탄사를 내뱉었다. 병을 보니 레이블에 한 남자가 열쇠를 들고 있었다.

"페르뛰스는 예수님의 제자였던 베드로를 브랜드화한 와인입니다. 베드로가 들고 있는 열쇠는 예수님이 베드로에게 주겠다고 한 천국의 열쇠인 거지요."

그래서 가게 이름이 '천국에서 온 와인'이구나. 나는 고개를 끄덕였다.

다시 말하지만 나는 거기서 천국에서 온 와인을 딱 두 잔 마셨다. 취한 쪽은 내가 아니라 마동석이었다. 그는 얼마나 취했던지 집에 가려는 나를 붙잡고 말도 안 되는 이야기를 했다.

"당신이 가지 않은 인생의 길을 가보게 해주면 어때요?"

"네? 그게 무슨 말이에요?"

나는 만취 상태였던 증인의 증언을 무시하는 판사처럼 인상을 쓰며 되물었다. 하지만 마동석은 조금도 망설이지 않고 질문으로 답했다.

"'노란 숲속에 길이 두 갈래로 났었습니다', 몰라요?"

마동석이 인용한 말은 로버트 프로스트의 시 「가지 않은 길」의 한 구절이었다.

"인생의 갈림길에서 선택하지 않은 길을 가보게 해드리지요."

어라?

난 거기까지 기억을 떠올리고 자리에서 벌떡 일어났다.

'꿈이 아니라 진짜라고?'

나는 집을 뛰쳐나갔다.

2.

"왜 없지?"

나는 기억을 더듬어 휴대폰 검색으로 '천국에서 온 와인'이란 이름의 와인 바를 찾아보았지만 아무것도 나오지 않았다. 대신 비슷한 상호의 가게가 하나 있었다.

'천국에서 온 커피'

와인 바가 아니라 카페라고? 카페를 하다가 업종을 바꿨는데 업데이트가 안 된 건가.

나는 일단 가서 확인해보려고 '천국에서 온 커피'를 찾아갔다. 눈앞에 낯이 익은 단층 건물이 나타났다. 통유리에 적혀 있는 가게 이름을 확인했다. 몇 번을 다시 봐도 '천국에서 온 커피'였다.

"어서 오세요."

내가 들어가자 바텐더, 아니 카페 주인이 인사를 건네왔다.

"저기 혹시 제가 어제 여기 왔었나요? 어제 술을 좀 마셨는데 기억이 뒤죽박죽이라……."

나는 얼이 빠진 얼굴로 질문을 던졌다.

"네, 와인을 드시고 가셨지요."

"페르뒤스!"

나는 유레카를 외치는 아르키메데스처럼 소리쳤다.

"기억을 하시네요."

카페 주인이 웃으며 말했다.

"아, 혹시 낮에는 카페고 밤에는 와인 바가 되는 건가요? 맞지요?"

나는 드디어 수수께끼를 풀어냈다고 생각했지만 카페 주인은 고개를 저었다.

"와인을 따로 팔지는 않습니다. 가게가 바처럼 생겨서 그런지 가끔 술에 취한 분들이 밤에 술집으로 착각해 들어오는 경우가 있지요."

"제가 취해서 왔다고요? 무슨 말씀이세요. 저랑 같이 온 사람이 취해 있었지요. 아, 그 사람이 막무가내로 들어와서 술 달라고 하니까 주신 거군요. 하긴 마동석처럼 생긴 사람이 부탁하면 거절하기가 힘들죠. 사실 저도 거의 끌려서 온 거였거든요."

나는 이번에야말로 정답이라는 생각에 의기양양하게 말했지만, 카페 주인은 걱정스러운 얼굴로 고개를 저었다.

"뭔가 착각을 하고 계신 것 같습니다. 손님은 어제 혼자 오셨습니다. 이미 술을 많이 드신 상태였고요."

"……."

나는 갑자기 무릎 아래가 사라져버린 것 같았다. 내가 딛고 서 있는 땅이 현실인지 꿈인지 알 수가 없었다. 다리가 풀려 비틀거리며 앞에 있는 의자를 붙잡았다.

"괜찮으세요?"

옆에 있던 남자 손님이 급히 다가와 나를 부축했다. 어젯밤 보았던 집요한 형사 같은 남자였다.

"어제도 계셨죠? 정말로 저 혼자 왔어요? 제가 취해 있었어요?"

나는 밤 장사에 지친 주인이 착각했기를 바라며 남자 손님에게 재차 물었지만 내가 원하는 답은 돌아오지 않았다.

"네. 술에 취한 게 문제가 아니라 무슨 강도라도 당한 것처럼 보일 정도로 상태가 안 좋아 보이셨어요. 어제도 여쭤봤는데 혹시 무슨 문제가 있으세요?"

남자 손님이 묻자 카페 주인이 거들었다.

"이분은 형사님이세요. 믿어도 되는 분입니다. 문제가 있으면 말씀해주세요."

"……진짜 형사였어요?"

나는 집요한 형사의 손을 뿌리치고 뒷걸음질을 쳤다.

"네?"

형사의 눈빛이 바뀌었다. 이제 형사는 나를 걱정하기보다는 의심하는 것처럼 보였다. 형사는 큰일을 당해 정신을 못 차리는 선량한 시민이 아니라 마약에 취해 횡설수설하는 범죄자를 보듯이 나를 살폈다.

"아…… 제가 착각을 한 모양입니다."

나는 그대로 도망치듯이 가게를 나왔다. 죄지은 것도 없으면서 혹시나 형사가 쫓아올까 싶어 두려웠다.

공포를 억누르며 천천히 발을 옮겼다. 발이 땅에 닿을 때마다 중력이 사라진 것처럼 몸이 둥둥 떠오르는 것 같았다. 나는 한 발 한 발 힘주어 땅을 밟으며 필사적으로 현실에 붙어 있으려고 했다.

간신히 카페 골목을 벗어나 동네 공원에 들어갔다. 그리고 벤치에 주저앉아 상황을 정리해보려 애썼다. 술에 취했었다고는 믿기지 않을 정도로 기억이 생생했다.

어젯밤, 나는 분명히 마동석과 와인을 마셨다.

* * *

마동석은 눈을 감고 와인을 음미하더니 나를 쳐다봤다.

"어때요?"

"뭐? 와인이요?"

마동석이 고개를 끄덕였다. 나는 난감한 얼굴로 입을 열었다.

“그게…… 평소에 와인을 즐기거나 하지는 않아서요. 와인 맛도 잘 모르고……. 그래서 표현은 잘 못하겠지만 그냥 좋은데요.”

잘못 대답하면 맞을까 봐 한 말은 아니었다. 조금 겁이 났던 건 사실이었지만 솔직한 심정이기도 했다.

“작가님이 표현을 못하시면 되나?”

마동석이 말했다.

나는 갑자기 독주를 들이켠 기분이었다. 식도를 할퀴고 넘어가 위장이 어떻게 생겼는지 알 수 있을 정도로 속을 활활 태우는 독주. 마동석의 말은 독주처럼 내 달팽이관을 통과해 뇌 속까지 들어가 전두엽에 불을 질렀다.

“저를 아세요?”

“그럼요. 소설가잖아요.”

마동석이 잔을 들어 건배를 청하며 말했다.

“저는 유명한 사람이 아닌데요.”

겸손의 표현은 아니었다. 시상식 뒤풀이에서 들었던 ‘불행한 시대’라는 말은 사실이었다. 한때는 문학상을 수상하고 신문에 이름이 실리는 것만으로 베스트셀러가 되는 시절이 있었지만 내가 수상을 했을 때는 이미 그런 시절은 가버린 후였다.

“유명하고 아니고가 중요한 건 아니죠. 저는 작가님 소설이 좋습니다. 전부 다 갖고 있어요. 아까 작가님을 알아보고 깜짝 놀랐습니다. 그래서 술을 사고 싶다고 한 거예요.”

작가이기 전에 나도 한 명의 독자이며 누군가의 팬이기도 했다. 나는 C.S. 루이스와 그의 친구였던 J.R.R. 톨킨, 그리고 G.K. 체스터튼의 열렬한 팬으로 그들의 전집을 소장하고 있었다. 이들 외에도 좋아하는 작가는 많았지만 세 작가는 나에게 특별한 존재였다. 마동석은 내가 자신에게 특별한 작가라고 고백한 것이다.

“놀랍네요. 솔직히 제 친구들 말고 제 책을 전부 소장하고 계신 분이 있으실 줄은 몰랐어요.”

요즘엔 그런 기대도 하지 않지만 지하철을 타고 다닐 때 책을 읽고 있는 사람을 보면 혹시 내 책을 읽고 있지는 않을까 살펴본 적이 있다. 하지만 그런 일은 한 번도 일어나지 않았다. 그런데 사거리 중앙에 취해서 쓰러져 있던 마동석이 내 책을 다 읽었다니 다시 생각해도 현실감이 없었다.

* * *

'카페 주인 말대로 혼자 취해서 말도 안 되는 꿈을 꾼 건가…….'

나는 공원 벤치에 앉아 남녀 꼬마 둘이 눈사람을 만드는 걸 바라보았다. 지난 한 주 동안 눈앞이 흐려질 정도로 쏟아졌던 폭설이 공원 한쪽에 쌓여 있어 재료는 충분했다. 하지만 크리스마스가 다가오며 기온이 올라가 겨울치고는 따뜻한 오후 햇살이 공원을 비추고 있었다.

"와아!"

아이들은 손을 호호 불어가며 혼신의 힘을 다해 눈사람을 만들고는 우렁찬 함성을 내지르며 기쁨을 나누었다.

나는 그 광경을 보며 미소를 지었지만 결국 흔적도 없이 사라질 눈사람을 생각하니 괜히 씁쓸해졌다. 대단한 작가가 만든 작품도 아니고 아이들이 만든 눈사람에 무슨 감정이입을 하냐고 비웃을지도 모르지만, 마음을 담아 뭔가를 만들어냈다는 점에서 내가 쓴 소설과 아이들의 눈사람이 다르게 느껴지지 않았다.

'얼마나 버틸 수 있을까.'

내 속마음을 듣기라도 한 것처럼 남자아이가 나에게 다가와 시간을 물었다.

"아저씨, 몇 시예요?"

"휴대폰 없어?"

"엄마가 멍청해진다고 안 사줘요. 정말이에요?"

"진실을 알고 싶어?"

내가 씩 웃으며 휴대폰을 꺼내는데 녀석이 내 손목을 가리켰다.

"시계 보면 되잖아요."

"응?"

나는 그제야 내 손목에 차고 있던 시계를 보았다. 피에르 가르뎅 메탈 시계였다. 돌아가신 친아버지가 남긴 유품으로 언제 멈췄는지 더는 움직이지 않았다.

어제 청소를 하다가 발견해서 시계방에 가져갔는데 부

품이 고장 난 데다 너무 오래된 제품이라 차라리 버리는 편이 나을 것 같다는 말을 들었다. 헛걸음했다는 생각에 허탈한 마음으로 돌아오다가 사거리에 누워 있는 마동석을 만난 것이다.

그리고 마동석이 내 시계를 고쳐주었다.

"역시 꿈이 아니야."

나는 다시 움직이고 있는 시계를 보며 말했다.

3.

“지금은 무슨 작품을 준비하고 계신가요?”

마동석이 물었다. 난데없이 독자와의 만남이 시작됐다.

“종이책을 더 쓰기는 어려울 것 같습니다.”

나는 힘들게 결심한 이야기를 살벌한 독자에게 털어놓았다.

“소설을 쓰지 않을 거라고요? 아, 혹시 시나리오를 쓰시려고요?”

사실 이때까지만 해도 나는 마동석이 내 팬이라는 말을

확실히 믿지는 못했다. 하지만 내가 원래 시나리오로 글쓰기를 시작했다는 것까지 알 정도면 내 소설뿐 아니라 몇 안 되는 인터뷰까지 챙겨 읽은 찐팬이 확실했다.

"아니요. 앞으로 책을 출간하는 것 자체가 어려울 것 같다는 뜻입니다."

학창 시절에 돈이 필요해 피자 가게 전단지를 나눠주는 아르바이트를 했었다. 일당이 얼마였는지 기억나지 않지만 땡볕에서 고생한 것치고는 터무니없이 적은 액수였다.

보통 글을 쓰는 일은 육체노동이 아니라고 여기지만, 나에게 글쓰기는 한여름에 전단지를 돌리는 것보다 고된 노동이었다. 마감에 맞추느라 한 달 동안 밤을 새우다시피 하며 나는 이러다 일찍 죽을지도 모르겠다고 생각했다. 하지만 그토록 몸을 혹사하며 써낸 소설의 인세는 그 시간 동안 전단지를 돌려서 받을 수 있었던 돈보다 훨씬 적었다.

세상만사를 돈으로 평가할 수는 없고, 그래서도 안 된다는 것을 알지만 나는 내가 써낸 글의 가치가 길가에 버려지는 전단지만도 못하다는 생각에 시달렸다.

"현실적으로 한계에 부딪혀서요. 웹소설을 써보려고 합

니다.”

내가 마동석의 눈치를 보며 말했다.

“그래요? 웹소설을 쓴다고 크게 다를 건 없는 거죠? 결국 작가님 이야기를 쓸 거잖아요?”

“네에…….”

내가 시원찮은 목소리로 말했다. 나도 처음엔 그렇게 생각했다. 매체가 달라질 뿐 큰 차이는 없을 거라고. 책 출간을 포기하는 대신 더 많은 독자를 만날 수 있는 기회가 열릴 수 있다고 말이다. 하지만 웹소설을 준비하면서 내가 큰 착각에 빠져 있음을 깨달았다.

“드시죠.”

바텐더가 라면을 내놓으며 말했다. 와인에 라면이라니. 마동석과 나만큼이나 어울리지 않는 조합이었지만 바텐더가 끓인 라면은 맛있었다. 나는 라면을 후루룩 넘기며 잘 써낸 웹소설 같다고 생각했다.

웹소설이 잘나가봐야 인스턴트라고 무시하는 것이 아니다. 모두가 진지하고 심각할 필요는 없다. 인생의 의미와 사회의 부조리를 담아내야만 좋은 작품인 것도 아니다. 자신은 깨어 있는 작가라는 자아도취에 빠져 작품을 망가뜨리는 사례는 얼마든지 있었다.

인스턴트 라면도 누가 끓이냐에 따라 맛이 다른 것처럼 필력이 있는 작가가 쓴 웹소설은 읽는 맛이 다르다. 그리고 그렇게 되기 위해서는 노력이 필요했다. 내 노력이 보답받지 못했다고 남의 노력을 깎아내리고 싶지는 않았다.

"맛있네요."

내가 바텐더에게 말했다. 바텐더는 감사를 표하더니 내 고민을 꿰뚫어보기라도 한 양 한 마디를 더 했다.

"그래도 웹소설은 종이책을 쓰는 것과는 다를 것 같은데요. 아닌가요?"

나는 반가운 마음에 재빨리 답을 했다.

"맞아요. 일단 빠르게 써야 해요."

나는 거의 1~2년마다 장편 소설을 한 권씩 발표했다. 다작 작가까지는 아니라도 게으르다는 소리를 들을 페이스는 아니었다. 하지만 웹소설 쪽에서는 보름 만에 장편 소설 한 권이 나와도 이상하지 않았다.

"인기 작품은 거의 매일 연재해요. 심지어 하루에 몇 회차씩 내보내는 경우도 허다하죠."

"그럼 고민할 시간도 없지 않아요?"

나는 고민이 가득한 얼굴로 고개를 끄덕였다.

웹소설 독자들은 '천국에서 온 와인'이 아니라 '김밥천국'을 찾는 손님들과 비슷했다. 김밥천국에 대단한 음식을 기대하면서 가는 사람은 없다. 저렴한 가격에 먹을 만한 음식이 빠르게 나오면 된다.

"이건 작가의 역량과는 무관한 이야기예요. 준비할 시간을 3분밖에 주지 않으면 최고의 요리사라도 내놓을 것이 라면밖에 없잖아요."

분명 최고의 요리사가 끓이는 라면이라면 뭔가 다르겠지만 차별점을 가지기엔 한계가 있었다.

등장하자마자 선풍적인 인기를 끈 원조 김밥천국을 따라 간판의 모양만 조금 바꾼 '유사' 김밥천국이 줄줄이 생겨났던 것처럼, 히트작이 나오면 제목만 살짝 바꾸고 노골적으로 콘셉트를 따라 한 소설들이 쏟아졌다.

그래도 원조는 원조가 아니냐고 생각할지도 모르지만 김밥천국에 들어가면서 여기가 원조인지 아닌지 따져보는 사람이 있겠는가. 먼저 인기를 끈 작품이라고 해도 전개가 늦어지면 언제든 후발주자에게 따라잡힐 수 있었다. 이런 격전지에서 나는 천국에서 온 와인을 만들겠답시고 포도 농사부터 짓고 있는 셈이다.

"저는 도저히 감당할 수가 없는 속도예요. 그렇게 써서는 제가 하고 싶은 이야기를 풀어낼 수가 없어요."

내가 와인을 마시며 말했다. 소믈리에처럼 멋들어진 설명은 못하겠지만 분명 좋은 와인이란 생각이 들었다. 허기진 손님을 위해 바텐더가 기막히게 끓여준 라면도 좋았지만 역시 나는 '천국에서 온 와인' 같은 글을 써내고 싶었다.

"곧 죽어도 예술을 하고 싶다는 게 아니에요. 공을 들여서 완성도 높은, 좋은 작품을 써내고 싶다는 겁니다. 장르 소설에 대한 편견은 없어요. 제가 특별히 좋아하는 작가들의 작품도 사실 다 장르 소설이에요. 미스터리와 판타지 소설의 고전들이죠."

덕분에 나의 특별한 작가들은 당대에 좋은 평가를 받지 못했다. 글 솜씨는 있지만 중학생들이나 읽을 유치한 글이고 곧 역사 속에서 사라져버릴 거란 혹평을 듣기도 했다.

하지만 악평을 했던 평론가들의 이름이 사라진 지금도 그 작가들의 명성은 여전했다.

“이 와인과 비슷하네요.”

바텐더가 페르뒤스를 가리키며 말을 이었다.

“이 와인도 처음엔 인정을 못 받았거든요. 지금이야 누구나 마시고 싶어 하는 와인이 되었지만요. 작가님 작품도 그렇게 되었으면 좋겠군요.”

고마운 말이었지만 나는 씁쓸하게 웃었다. 출간한 책이 조용히 묻힐 때마다 친구들은 다음에는 잘될 거라며 위로했다. 하지만 친구들이 말한 다음은 오지 않았다. 세월이 흐르며 ‘다음에는’ 대신에 ‘언젠가는’이라는 말이 쓰이기 시작했다.

“이제는 제가 죽고 나서라도 재평가를 받을 날이 올 거라고 말하는 친구도 있어요.”

내가 애써 웃으며 말했다.

“죽고 나서는 의미 없습니까?”

잠자코 있던 마동석이 굵직한 목소리로 물었다.

“네?”

“안타깝지만 앞으로도 작가님의 작품이 별다른 반응을 얻지 못했다고 칩시다. 그러다 결국 세상을 뜨는 겁니다. 그런데 작가님이 죽고 나자 전 세계의 독자들이 작가님의 작품을 찾아서 읽게 되는 겁니다. 하지만 작가님은 살아서 그 광경을 볼 수 없어요. 그건 실패인가요?”

“…….”

나는 곰곰이 생각했다. 전 세계의 독자가 내 소설을 읽는 상상을 하는 것은 어렵지 않았다. 이제는 현실감이 없는 허황한 생각처럼 느껴지기는 했지만 오랫동안 꿈꾸고 바라던 일이었으니까.

하지만 죽음을 진지하게 상상한 적은 없었다. 아직 인생의 전반전도 끝나지 않은 나이였다. 나는 수많은 가상의 인생을 상상하는 직업을 갖고 있었지만 내 죽음에 대한 이미지는 좀처럼 잡히지 않았다.

“잘 모르겠어요. 죽고 나서라도 제 글이 읽힌다면 의미 있는 일이겠죠. 작가는 결국 작품으로 평가받는 직업이니 마침내 성공한 것이겠고요. 그런데 제가 그런 삶을 원할지는 모르겠네요.”

처음 작가가 되겠다고 결심했던 날을 기억한다. 작은방에서 엄숙하게 진행된 그 의식은 마치 결혼 서약 같았다.

'당신은 작가를 평생의 업으로 삼아 글쓰기가 즐거울 때나 괴로울 때나, 세상의 인정을 받을 때나 무시당할 때나, 젊을 때나 늙었을 때나, 죽음이 찾아와 당신의 펜을 내려놓는 순간까지 변함없이 진실만을 써나갈 것을 하나님 앞에서 서약하겠습니까?'

평생을 바칠 꿈을 갖는 것은 영원토록 함께 있고픈 사람을 만나는 것과 비슷하다. 뜨거운 감정에 휩싸인 나는 너무나 쉽게 '네'라고 답했다.

내가 택한 길은 쉽지 않은 길이었다. 그 길을 걷는 과정에서 겪게 될 어려움은 경험해보지 않아도 쉽게 알 수 있는 것이었다.

'안정적인 삶은 포기해야 할 것이다. 잘 풀리지 않는다면 정말 비참한 상황에 처할지도 모른다. 하지만 두려움 때문에 이 길을 가보지도 않고 포기한다면 나는 반드시 후회할 것이다.'

나는 단호하게 갈 길을 정했다. 결코 후회 따위는 남기지 않으리라, 절대 뒤를 돌아보지 않으리라 다짐하면서.

"후회하고 있습니까?"

내가 고개를 들어 질문을 던진 마동석을 돌아보았다.

"작가님이 앞으로도 세상의 인정을 받지 못한다면, 나이가 들어 죽고 나서야 사람들이 작가님의 글을 알아봐준다면, 그리고 이런 미래가 찾아올 것을 알고서 처음 작가가 되기로 결심했던 날로 돌아갈 수 있다면 그래도 다시 작가의 길을 걷겠습니까?"

"……."

마동석의 질문은 어떤 영화 속에서 본 마동석의 주먹보다 더 묵직하게 내 가슴을 때렸다. 마동석뿐 아니라 바텐더도 내 입술이 열리기를 기다리고 있었다. 침묵이 길어지며 공기가 무거워지자 나는 답답한 마음에 구멍을 내는 것처럼 입을 열었다. 바람이 빠지듯 힘없는 목소리가 내 입에서 새어 나갔다.

"사람이 내일 일을 어떻게 알아요? 제 글을 좋아하신다면서요? 그럼 곧 빛을 볼 날이 있을 거라고 응원을 해주셔야죠. 안 그래요?"

마동석은 오해하지 말라는 듯 손을 흔들더니 말을 이어갔다.

"미래에 대한 질문이 아닙니다. 과거에 대한 질문도 아니고요. 작가님의 글을 좋아하는 독자로서 작가님의 마음을 알고 싶을 뿐입니다."

"……저는 그런 가정 같은 것을 안 좋아해서요. 미래는 그렇다 치고 후회된다고 과거로 돌아갈 수도 없는데 그런 생각을 해봐야 뭐하나요. 의미가 없잖아요."

"돌아갈 수 있다면요?"

"네?"

"작가님이 가지 않은 길을 가볼 수 있는 기회가 있다면 가보겠습니까?"

나는 멍하니 마동석을 보다가 웃음을 터뜨렸다.

"미래에서 오셨어요? 타임머신이라도 발명하셨나요? 이제 술 그만 드시고 집에 가세요. 아내분이 기다리시겠어요."

"싱글이에요."

마동석이 웃으며 말했다.

나는 잠시 말문이 막혔지만 곧 자리에서 일어났다.

"그럼 제가 먼저 가보겠습니다."

"작가님도 싱글이잖아요. 아, 오래 사귄 여자 친구가 있죠? 걱정하겠네요."

내가 우뚝 멈춰서 마동석을 노려봤다. 나는 어느 인터뷰에서도 여자 친구 이야기를 한 적이 없었다.

"그걸 어떻게 아세요?"

"말했잖아요. 내가 작가님 좋아한다고."

나는 소름이 끼쳤다.

'이건 찐팬이 아니라 스토커잖아. 설마 내가 지나가는 길에 일부러 누워 있었던 건가?'

팬이라도 많으면 그중 도를 넘은 인간이 나왔다고 생각할 텐데 처음 만난 찐팬이 실은 스토커라니 환장할 노릇이었다.

"본인 인생이나 신경 쓰세요."

나는 마동석을 지나쳐 나가려고 했지만 그가 내 손목을 잡았다.

"이거 안 놔요!"

내 딴에는 강하게 반항하며 소리를 쳤지만 마동석은 경찰 영화에서 범인을 제압하듯 손쉽게 내 손목을 비틀었다. 나는 비명을 질렀다.

"엄살 피우지 마요. 작가로 살아갈 수 있다면 어떤 고통도 견뎌내겠다고 다짐했잖아요."

분명 그랬지. 하지만 마동석에게 손목이 꺾이는 고통은 거기에 포함되어 있지 않다고.

마동석은 내 손목에서 고장 난 시계를 풀고는 나를 놓아주었다.

"지금 뭐하는 겁니까? 당신 깡패예요?"

내가 통증이 가시지 않은 얼굴로 손목을 매만지며 말했다. 마동석은 내 말은 신경도 쓰지 않고 그 큰 주먹으로 시계를 감싸 쥐고 잠시 눈을 감았다. 나는 그의 기이한 행동을 바라볼 수밖에 없었다. 마동석은 곧 눈을 뜨고 시각을 조정하는 크라운을 거침없이 돌리더니 나에게 시계를 돌려주었다.

"이게 대체 뭐하는……."

나는 거칠게 시계를 낚아채고 보다가 입을 다물었다. 시계가 움직이고 있었다. 마동석이 자리에서 일어나 나와 마주 보며 말했다.

"기회는 열두 번입니다. 하지만 구체적인 날짜는 고를 수 없어요. 그냥 나를 믿어요. 작가님이 꼭 가서 봐야만 하는 순간들로 골라놓았으니까. 하지만 어차피 믿지 않을 테니까 첫 번째는 내 맘대로 쓰겠습니다."

"무슨 말이에요?"

나는 기묘한 공포심에 사로잡혀 물었다.

"노란 숲속에 길이 두 갈래로 났었습니다. 모르세요?"

"……."

"당신이 택하지 않았던 다른 인생의 길을 가서 확인해봐요. 그리고 다시 선택하는 겁니다. 단, 그쪽에서 작가로 사는 선택지는 없습니다."

시계의 초침이 움직이는 소리가 시한폭탄이 작동하는 것처럼 크게 들렸다. 마동석의 마지막 말과 함께.

"기한은 크리스마스까지입니다. 그때까지 사용하지 못한 기회는 사라집니다. 명심하세요."

4.

"시계 고장 났어요?"

꼬마가 재촉하듯 말했다.

"어? 어…… 이게……."

나는 당황해서 말을 더듬었다. 고장 난 시계는 다시 돌아가고 있었다. 하지만 움직이는 것은 초침뿐이었다. 분침과 시침은 3시 정각을 가리키며 멈춰 있었다. 분명히 시간은 흐르고 있는데 세상이 멈춘 것 같았다.

내가 고장 난 시계처럼 우뚝 서 있는 동안 꼬마의 부모가 나타나 녀석을 불렀다. 꼬마는 날 이상하게 보더니 떠나버렸다. 나는 아들을 반갑게 맞아주는 부부의 모습을 보았다. 젊다기보다 어려 보인다는 표현이 맞을 부부였다.

나는 결혼을 일찍 하고 싶었다. 늦어도 스물아홉 살 정도에. 어머니가 이혼하는 모습을 보고도 나는 결혼의 가치를 부정하지 않았다. 사랑하는 사람과 단란한 가정을 꾸리고 싶었다. 무엇보다 좋은 아빠가 되고 싶었다. 아빠의 사랑을 받아보지 못하고 자란 나였기에 내게 이 소망은 좋은 작가가 되고 싶다는 꿈만큼이나 중요했다. 내가 마흔이 넘어서까지 결혼을 못하고 있을 거라고는 상상도 해본 적이 없었다.

나는 꿈인지 현실인지 모를 지난밤의 결혼식을 떠올렸다. 결혼식장에서 본 신부는 많아야 20대 후반 정도로 보였다. 분위기가 성숙해 보여서 언뜻 나이 들어 보였지만 노화의 흔적이 느껴지지 않는 얼굴이었다.

'나도 비슷한 나이가 아니었을까.'

마동석은 작가의 길이 아닌 다른 길을 택한 나의 인생을 보여주겠다고 했다. 무슨 마법을 부렸는지 몰라도 그 결혼식이 꿈이 아니라 진짜였다면, 작가가 되기를 포기한 나는 내가 소망했던 대로 스물아홉 살 정도에 사랑하는 사람을 만나 결혼을 했는지도 모른다.

친아버지는 일찍 돌아가셨고, 어머니와 재혼한 남자는 돈을 탕진만 해서 우리 집은 여유가 없었다. 서른도 되기 전에 결혼했다면 나는 아마도 순조롭게 대학을 졸업하고 안정된 직장을 가졌던 것 같다.

"나쁘지 않네."

나는 혼잣말을 하다가 화들짝 놀랐다. 누가 들으면 '미쳤구나' 싶을 만한 이야기를 너무 쉽게 받아들이고 있었기 때문이다.

작가는 미치기 좋은 직업이다. 늘 가상의 세계를 만들고 그 속에 들어가 수많은 등장인물의 삶을 살아내며 그들의 이야기를 써야 한다. 대부분의 작가는 미치도록 가난했고, 몇몇은 부와 명예를 얻었지만 미쳐버렸다. 누구나 미칠 수 있다는 말이다. 그러니 내가 미쳤다고 해도 이상할 일은 아니다.

'바텐더, 아니 카페 사장은 마동석을 본 적이 없다고 했

지. 나 혼자 술에 취해서 가게에 들어왔다고.'

확인하는 방법은 간단했다. 다시 해보면 된다. 나는 시계를 보았다. 여전히 초침은 째깍거렸고, 분침과 시침은 움직이지 않았다.

마동석은 기회가 열두 번이라고 했다. 손목시계의 숫자는 1부터 12까지다. 12란 숫자가 하나의 상징 같았다.

'오래 살아도 120살 정도면 죽겠지. 사람의 일생을 열두 구간으로 나눈다면…… 한 시간이 10년을 의미하는 것이 아닐까.'

결혼식 때 확인한 시각은 2시 59분이었으니 20대에 결혼을 한 것 같다는 내 추측과 들어맞았다.

'그렇다면 어디로 갈 것인가.'

나는 잠시 고민하다가 마동석이 했던 것처럼 크라운을 빼서 초침까지 정지시켰다.

결혼까지는 순탄해 보였다. 하지만 시작이 좋아도 끝이 엉망이면 잘해봐야 범작이었고, 시작이 엉성해도 기막힌 엔딩이 있다면 '초반만 참고 보면' 결국 좋은 작품이었다는 말을 들을 수 있다. 인생도 마찬가지다.

드렁큰 타이거의 노래가 떠올랐다. 제목은 「8:45 Heaven」. 돌아가신 할머니를 기리는 노래였다. 나는 8시 45분으로 시각을 조정했다. 내 추측대로라면 아마 나는 80대의 나이로 깨어날 것이다. 물론 작가가 아닌 다른 길을 선택했을 때의 나다. 너무 늦은 시기가 아닌가 싶기도 했지만 지금은 100세 시대고 얼마 전 받은 수면내시경 결과는 깨끗했다.

열, 아홉, 여덟…….

나는 공원 벤치에 앉아 숫자를 셌다. 의식이 멀쩡해서 '역시 나는 미친 걸까'라고 생각하며 '일곱'을 내뱉은 순간, 나는 응급차에 누워 있었다.

* * *

응급차는 사이렌을 울리며 빗속을 질주했다. 구조대원이 침대에 누운 내 혈압과 맥박을 체크했다. 심장이 미친 듯이 뛰었다.

"217, 176, 125!"

인상적인 숫자들이었다. 「8:45 Heaven」의 가사가 생각났다.

'에잇 포리파이브! 그대는 하늘나라로!'

씨발, 정권이 형.

아니, 노랠 만든 정권이 형의 잘못은 아니다. 선택은 내가 했으니까.

인간은 항상 자신이 선택하고 남의 탓을 한다. 남편을 탓하거나, 아내를 탓하고, 부모의 탓을 하고, 자식의 탓을 한다. 심지어 그동안 믿지도 않았던 신을 탓하기도 한다. 하지만 책임은 언제나 선택한 자의 몫이다.

나는 손을 들어보았다. 세월의 흐름이 느껴지는 주름진 손이었다. 손목에 차고 있던 시계가 보였다. 내 심장은 손목에 찬 시계의 초침보다 갑절은 빠르게 뛰었다.

'여기서 죽어버리면 어떻게 되는 거지?'

마동석은 내가 가지 않은 인생의 길을 확인해보고 다시 선택해보라고 했다. 내 선택에 따라서 인생이 바뀔 수도 있다는 뜻일 것이다.

하지만 죽어버리면 선택할 기회가 사라진다. 아직 기회

가 있을 때 선택을 해야 했다. 8시 57분이 됐다. 결혼식장에서는 3시 정각이 되자 시간이 멈추고 원래의 삶으로 돌아왔었다. 아마도 9시 정각이 되면 결혼식장에서 그랬던 것처럼 작가의 길을 택한 나의 인생으로 돌아갈 수 있을 것이다.

"조금만 버티세요. 곧 도착합니다."

구조대원이 나를 보고 소리쳤다.

하지만 갑자기 의식이 멀어졌다. 3분이 지난 것일까. 아니다. 심정지가 오고 있었다. 다 끝난 것이다. 나는 이제 아무런 선택도 할 수 없다. 그동안 내가 했던 선택들의 영원한 결과를 마주할 시간이 오고 있었다.

응급차의 문이 열렸다. 드디어 병원에 도착한 것이다. 하지만 너무 늦었다. 나는 영원히 눈을 감았다.

아버지가 죽고 난 후 나는 늘 사후세계가 궁금했다.

죽음이 끝이고 모든 것이 무(無)로 돌아간다고 믿는 작가들의 작품은 인생의 허무함과 덧없음을 말하거나 언젠가 사라지기에 더욱 소중한 인생의 아름다움을 표현하곤 했다. 다시는 돌아올 수 없는 아련한 청춘의 기억 같은 것들 말이다.

하지만 내가 특별하게 좋아하는 작가들은 죽음이 끝이라고 생각하지 않았다. 그들은 영원을 믿었다. 영원을 믿는 자만이 영원을 약속할 수 있다. 나는 그들이 그려낸 세계에 매료되었다.

'아버지는 지금 어디에 있을까, 내가 죽고 나면 아버지를 만날 수 있을까.'

오랜 세월 품어온 질문의 답을 곧 확인하게 될 터였다.

사후세계의 첫 번째 인상은 묵직하고 가슴이 갑갑하다는 것이었다. 그다지 좋은 느낌은 아니었지만 곧 이어진 통증에 비하면 아무것도 아니었다.

죽어서도 통증을 느낀다고?

물론 가능한 일이다. 영원한 기쁨과 즐거움이 있다면 영원한 고통과 후회도 있지 않겠는가. 하지만 내가 느낀 통증은 영원한 세계에 속한 건 아닌 것 같았다.

나는 한 번도 골절상을 당해본 적이 없지만 곧 내 갈비뼈가 부러질 것 같다는 느낌이 들었다. 누군가 내 위에 올라타 멈춰버린 심장을 뛰게 하려고 심폐소생술을 하고 있는 것이다.

눈을 뜨자 하얀 가운을 입은 마동석이 보였다. 마동석은 뺨이라도 한 대 맞으면 기절할 것 같은 손바닥으로 내 심장을 누르고 있었다.

'의식을 찾았으면 그만해야지. 이 돌팔이야!'

라고 말하고 싶었지만 목소리가 나오지 않았다. 마동석이 다시 한번 온 힘을 다해 내 심장을 누르려고 할 때 손목시계가 9시 정각을 가리켰다.

* * *

"선생님! 여기서 주무시면 안 돼요! 일어나세요!"

누군가의 목소리를 듣고 나는 누워 있던 공원 벤치에서 일어났다. '천국에서 온 커피'에서 봤던 그 형사였다.

"집요한 형사……?"

나는 마취에서 막 깨어난 사람처럼 어눌한 발음으로 말했다.

"집요한이 아니고 성요한 형사입니다."

형사가 자신의 이름을 정정해주었다. 아무렇게나 불렀

는데 성 빼고 다 맞추다니.

"으으……."

나는 한기에 몸을 떨며 자리에서 일어났다. 작가가 아닌 인생에서 고작 15분이 흘렀을 뿐인데 다시 돌아오니 어느새 주변이 어둑해졌다. 제법 따뜻한 겨울날이었지만 밖에서 자기에 좋은 날씨는 아니었다.

"괜찮으세요?"

형사가 걱정 반, 의심 반을 섞어서 물었다.

"네! 괜찮습니다."

내가 씩씩하게 답했다. 방금 죽을 뻔했던 것치고 아주 좋은 상태였다. 내가 미치지 않았다는 사실을 확인했으니까. 뭐가 어떻게 된 건지는 모르지만 나는 지금 어느 누구도 해보지 못한 경험을 하고 있는 것이다.

나는 손목시계를 살폈다. 분침과 시침은 9시 정각에 멈춰 있었고, 초침은 여전히 혼자서 움직이고 있었다.

"시간이 안 맞는 거 같네요. 지금은 5시 25분인데요."

형사가 내 손목시계를 얼핏 보고 말했다.

"아, 네. 고장이 나서."

내가 어색하게 웃으며 손을 주머니에 넣었다. 형사는 잠시 나를 빤히 보다가 인사를 건넸다.

"그럼 조심히 들어가세요. 술 적당히 하시고요. 메리 크리스마스."

"네! 형사님도 메리 크리스마스."

올해 처음으로 주고받은 성탄 인사였다. 크리스마스는 아직 이틀이 남았지만 벌써 해가 어두워졌고 내일은 이브니까 성탄 인사가 어색하지는 않았다.

내게는 10년도 넘게 만난 여자 친구가 있다. 하지만 이번 크리스마스는 일이 바빠서 함께할 수가 없다. 그래서 오늘 저녁에 만나기로 약속했었다.

여자 친구는 패션 업계에서 일했다. '패션'이라는 말 때문에 모델 같은 이미지를 떠올릴지도 모르지만 여자 친구는 키가 작다. 하지만 자기보다 키가 20센티미터는 큰 모델들 사이에서 주눅 들지 않고 당당하게 살아가는 프로였다. 말로만이 아니라 프로답게 행동하는 진짜 프로.

그래서인지 여자 친구는 함께 일하는 사람들에게도 프로다움을 강조했다. 여자 친구는 약속을 어기는 사람들을 싫어했다.

나는 휴대폰을 꺼냈다. 현재 시각 오후 5시 28분. 여자 친구와 6시에 만나기로 했다. 원래 계획대로라면 나는 약속 시간보다 한 시간 일찍 근처 카페에 도착해 구상 중인 웹소설의 스토리라인을 정리하다가 여자 친구를 만날 생각이었다. 동네 공원 벤치에 자빠져 있는 게 아니라 말이다.

빌어먹을 크리스마스의 시작이었다.

5.

장기 연재는 어렵다. 가장 뛰어난 작가들조차 기나긴 연재를 하다보면 작품이 무너지는 경우가 있다. 원인은 여러 가지다. 작가의 건강에 문제가 생겼거나 흐름 상 진즉에 끝냈어야 할 작품을 억지로 끌고 갔거나.

애초에 인기가 없으면 장기 연재를 하지 못하기 때문에 독자들은 인내심을 갖고 작품을 지켜보지만 어느 시점을 지나면 그저 정 때문에 보는 지경에 다다른다. 그러다 도저히 받아들이지 못할 정도로 캐릭터나 설정이 붕괴되면 드디어 하나둘씩 하차한다.

최악은 벌여놓은 이야기를 수습하지 못하고 마무리를 짓는 것이다. 작가로서 책임감이 느껴지지 않는 결말을 내놓는다면 끝까지 애정을 갖고 따라와준 독자들을 배신하는 것이나 마찬가지다. 독자는 분노할 수밖에 없다.

'이딴 결말을 보느라 보낸 세월이 허무하고 화가 난다.'

장기 연애도 장기 연재만큼이나 힘들다. 10년이나 만났다고 하면 다들 이미 결혼한 것이나 마찬가지라 여기지만 연애와 결혼은 다르다. 결국 결혼으로 이어지지 못하고 헤어지는 커플은 얼마든지 있다.

연우와 나의 연애는 적당한 시기에 마무리를 짓지 못한 소설처럼 이어졌다. 우리는 평범하게 소개를 받아 만났다. 서로를 이상형이라고 생각하지는 않았다. 그저 만날수록 조금씩 더 마음이 갔다. 나는 '다들 이렇게 결혼을 하는 거구나'라고 생각했다.

하지만 연우는 당장 결혼하기보다는 활발하게 일을 하고 싶어 했다. 패션 업계에서 두각을 나타내기는 쉽지 않다. 연우는 밤낮을 가리지 않고 일했다. 연차가 쌓이며 연우는 점점 중요한 프로젝트를 맡게 되었고 프로답게 자신의 일을 완수해냈다.

나는 연우의 그런 모습이 좋았다. 그래서 연우를 이해하고 지지했다. 게다가 나 역시 이제 막 데뷔한 입장이라 우선 작가로 자리를 잡고 싶었다. 하지만 우리가 바라는 만큼의 성공과 안정은 좀처럼 우리의 손에 잡히지 않았다.

"헉! 헉!"

나는 마른 숨을 몰아쉬며 연우가 일하는 회사 앞에 도착했다. 이미 약속 시간에서 50분이 지난 후였다. 연우는 늦는다는 나의 문자 메시지를 확인조차 하지 않았고, 전화도 받지 않았다.

'올라가볼까.'

나는 연우의 회사가 있는 빌딩을 올려다보며 고민했다.

10년씩이나 연애했다면 서로의 친구는 물론 가족과도 친밀해졌으리라 생각하는 사람들도 있겠지만, 우리는 거의 둘이서만 만났다.

연예인도 아니고 비밀 연애를 한 것은 아니다. 애초에 소개를 받아 만났으니 서로 아는 친구들도 있긴 했다. 하지만 점차 친구들과 함께하는 자리가 줄어들었다. 이유는 간단했다.

'부끄러웠다.'

연우가 먼저 나를 부끄러워했는지 내가 먼저 나를 부끄러워했는지 잘은 모르겠다. 연우의 인스타그램에는 온통 일에 관련된 사진뿐이다. 패션쇼 현장과 함께 일하는 모델들로 가득한 피드 속에 팔리지 않는 소설가의 자리는 없었다.

연우를 나쁘게 생각할까 봐 덧붙이자면 내 인스타그램도 마찬가지다. 내가 출간한 책을 소개하고 몇 번의 인터뷰를 담은 게시물이 전부였다. 따로 말을 나눈 적도 없는데 약속이나 한 것처럼 그렇게 됐다.

"오빠!"

다행히 회사에 올라갈 필요는 없었다. 연우가 빌딩을 나서다 나를 발견하고 다가왔다. 연우는 화가 났다기보다는 당황스러워 보였다.

"어, 미안. 문자 못 봤어? 전화도 했는데."

"무슨……."

연우는 얼굴을 찌푸리다가 휴대폰을 꺼냈다. 비행기 모

드로 되어 있었다.

"미안. 회의 중이라 확인을 못했어."

"아, 그래?"

"근데 오늘 만나기로 했다고?"

"어? 어. 쇼 때문에 내일도 모레도 바쁘다고 해서 오늘 보기로 했잖아."

연우는 나를 멍하니 보다가 황당하다는 듯 말했다.

"우리 그런 약속 한 적 없어."

"……."

처음 만났던 날, 우리는 카페 창가의 원형 테이블에 마주 앉았다. 테이블 위에 침묵의 강이 흘렀다. 어색한 분위기 속에서 우리는 강에 돌을 던지듯 침묵을 깨며 말을 이어 갔다. 각자 던진 말을 다리 삼아 서로에게 다가갔다. 어느 날 우리의 발밑을 보았을 때 침묵의 강은 흔적도 없이 사라져 있었다.

하지만 10년의 시간이 흐른 지금, 우리 사이에는 다시 침묵의 강이 흘렀다. 처음 만났던 날의 어색한 침묵과는 달랐다. 뛰어들기라도 하면 시커먼 강물이 나를 삼켜버릴 것 같았다. 나는 침묵이 두려워서 아무 말이나 내뱉었지만 그 말은 강 건너의 연우에게 닿지 못하고 흔적도 없이 어두운 강물 속으로 사라졌다.

"또 잘못 들었나 봐."

연우가 말했다.

"그래, 내가 잘못 말했거나."

다시 침묵이 흘렀다. 누군가 이 침묵을 깨주길 바라는데 새드 엔딩의 멜로드라마를 풋풋한 로맨틱 코미디로 바꿔주는 것 같은 목소리가 들려왔다.

"누나!"

고개를 돌리자 훤칠한 남자가 다가왔다. 187센티미터의 키에 서글서글한 미소가 돋보이는 남자 모델이었다. 모델들의 워킹은 얼마나 자신감이 넘치고 당당해 보이는지 볼 때마다 경이로웠다.

"들어가. 바쁠 텐데."

나는 연우에게 인사를 건네고 도망치듯 자리를 떠났다. 등 뒤에서 남자 모델의 웃음소리가 들렸다. 뒤를 돌아보자 남자 모델은 연우와 마주 서서 이야기를 나누고 있었다.

남자 모델은 키가 작은 연우와 눈을 맞추려고 몸을 구부정하게 숙이고 말했다. 재밌는 농담이라도 건넸는지 연우가 웃음을 터뜨렸다. 문득 연우의 웃는 얼굴을 오랜만에 본다는 생각이 들었다.

한참 웃던 연우가 내 쪽을 돌아봤다. 나는 못 볼 것을 본 사람처럼 황급히 코너를 돌아 지하철역 안으로 들어갔다. 경보 선수처럼 정신없이 걷던 나는 승강장 스크린도어 앞에 멈췄다. 스크린도어에 비친 내 모습이 한없이 초라해 보였다.

곧 지하철이 도착했고, 문이 열렸다. 열차 안의 사람들이 승강장으로 나왔고, 승강장의 사람들이 열차 안으로 사라졌다. 나는 도대체 왜 거기 있는지 알 수 없는 조형물처럼 오고 가는 사람들 사이에 서 있었다. 다시 한산해진 승강장 스크린도어 위에서 영상이 재생됐다. 마동석의 대상포진 캠페인이었다. 음소거가 된 사운드 대신 자막이 떴다.

'원인은 외부가 아니라 내부에 있어.'

요즘 소화가 안 되고 배탈이 자주 나서 내시경검사를 받았지만 문제는 발견되지 않았다. 위나 장은 민감한 기관이라 스트레스를 과도하게 받으면 덩달아 말썽을 부리기도 한다는 의사의 말에 나는 외부의 원인을 떠올렸다.

나는 학창 시절에 한 번도 최선을 다해본 적이 없었다. 그런 주제에 좋은 결과가 나오지 않으면 실망스럽고 낙심이 됐다. 그러면서도 이번에는 최선을 다하지 않았기 때문이니 다음에는 다를 거라고 믿었다. 물론 다음에도 최선은 다하지 않았다.

그런 내가 글쓰기만큼은 항상 최선을 다했다. 내가 쓴 소설이 걸작은 아닐지라도 그 시점의 나에게 있어서는 최선의 결과물이었다. 지금 와서 지난 작품을 돌아보면 아쉬운 부분이 보였지만 작품을 내놓을 당시엔 조금의 후회도 없었다. 최선을 다한 자만이 느낄 수 있는 후련함이었다.

하지만 나는 신작을 출간할 때마다 최선을 다한 자만이 느낄 수 있는 또 다른 감정에 휩싸여야 했다. 최선을 다했는데도 열매를 얻지 못한 자의 절망이다.

헛배가 불러 아무것도 먹지 못하는 사람처럼 나의 내면은 한숨으로 가득 차 소망이 들어설 자리가 없었다. 그러니 이 지독한 소화불량과 배탈의 원인이 외부에 있다면 무엇 때문인지는 뻔했다.

하지만 마동석은 무서운 얼굴로 나를 내려다보며 문제의 원인은 외부가 아니라 내부에 있다고 근엄하게 말했다.

갑자기 허기가 졌다. 어젯밤에 와인과 함께 먹은 라면을 마지막으로 한 끼도 먹지 않았다는 사실을 떠올렸다. 연우와 저녁 식사를 하려고 랍스터 가게에 예약을 해놓았다. 혼자 가서 먹기는 부담스러워 같이 먹어줄 녀석이 없을까 고민하는데 휴대폰이 울렸다. 오랜 친구인 영수였다.

내가 죽고 나서라도 내 작품이 사랑받을 날이 올 거라고 말해주었던, 바로 그 친구였다.

* * *

'쾅!'

나무망치가 랍스터를 직격했다.

"살살 해."

내가 인상을 쓰며 말했다.

"알았어. 뭐 다들 신경도 안 쓰는구먼!"

영수는 망치를 들고 주변을 살피며 계속 말했다.

"생각보다 커플이 많지는 않네. 크리스마스에는 커플천국이겠지? 애초에 예수님 생일에 왜 지들이 기분을 내는 거야?"

영수가 심통이 난 얼굴로 다시 망치를 들어 랍스터를 내리쳤다.

친구들 중에 마흔이 넘어서도 솔로인 녀석은 나와 영수뿐이었다.

"너는 언제 결혼할 거야?"

영수가 물었다.

"몰라. 때 되면 하겠지."

내가 건성으로 답했다.

"연우 씨는 아무 말 없어? 벌써 10년이 넘게 만났는데……."

놀랍게도 연우는 이제껏 결혼 이야기를 꺼낸 적이 없었다. 당분간 일에 집중하고 싶다는 연우의 입장을 내가 흔쾌히 받아들였기 때문인지 연우도 내 작품 활동을 응원해주었다. 책이 나올 때면 나보다 더 기뻐했고, 많지도 않은 월

급으로 책을 사서 주변에 뿌렸다. 연우는 언제나 나의 든든한 버팀목이었다.

하지만 작년 말에 연우가 무거운 얼굴로 할 말이 있다고 했다. 나는 결혼 이야기를 꺼내는 줄 알고 긴장했지만 연우가 한 말은 생각도 못했던 것이었다.

"이대로 언제까지나 계속 글을 쓸 수는 없잖아."

갑자기 들판 한가운데서 폭우를 만난 기분이었다. 우산도 없던 나는 고개를 숙이고 쏟아지는 비를 맞을 수밖에 없었다. 하지만 비는 좀처럼 그치지 않았다.

연우는 어렵게 꺼낸 이야기를 대충 마무리 지을 생각이 없어 보였다. 연우가 왜 그런 말을 하는지도 이해됐다. 무엇보다 나 스스로도 앞으로 계속 글을 써나갈 수 있을지 의문이었다. 그런데도 쉽사리 그만두겠다는 말을 할 수 없었다. 결국 나는 웹소설을 써보겠다며, 1년만 더 기다려달라고 말했다.

"웹소설 쓴다는 거는 잘되고 있어?"

영수의 말에 나는 고개를 저었다.

벌써 1년이 다 지나갔는데 나는 무슨 이야기를 할지 갈

피도 잡지 못하고 있었다.

"잘은 모르지만 회귀물이란 게 인기라며? 다시 태어나면 갑자기 재벌이 되어 있고, 왕이 되고, 그런 게 재밌나? 왜 인기가 있는지 이해가 안 가네."

"나는 이해가 돼."

내 말이 의외였는지 영수가 들고 있던 망치를 슬며시 내려놓았다.

웹소설을 쓰겠다고 결심하고 제일 먼저 한 일은 웹소설을 읽어보는 것이었다. 인기를 끌고 있는 몇몇 작품과 거기에 달린 독자들의 댓글을 살펴보고 나는 충격에 휩싸였다.

'드라마는 갈등이다.'

이는 작법의 기본이다. 여기서 '갈등'을 투박하게 설명하자면 '주인공이 뭔가를 하려고 무던히 애를 쓰지만 잘되지 않는' 것이다. 당연히 주인공은 고난을 거치며 나아간다. 그러다 결국 주인공이 목표를 달성하면 해피 엔딩으로 끝나는 것이다. 이별의 위기를 극복하고 마침내 사랑하는 사람과 결혼하게 됐다거나, 도시를 위협하는 테러범을 물리치고 시민들을 구했다거나.

갈등이 조성되지 않으면 이야기는 긴장감을 주지 못한다. 시작하자마자 오해가 풀리고 두 시간 내내 사랑만 속삭인다면, 테러범이라고 나온 악당들이 주인공의 주먹 한 방에 나가떨어진다면 무슨 재미가 있겠는가.

하지만 놀랍게도 웹소설 독자들은 갈등을 참지 못했다.

"좋은 작품이었어. 설정도 좋고, 캐릭터도 살아 있고, 이야기를 쓸 줄 알았지. 당연히 인기도 좋았어. 그런데 주인공이 조금만 고생을 하면 독자들이 너무 답답해하는 거야. 이해가 안 되더라고."

"내 말이! 참을성이 없다니까!"

"참을성이 없는 게 아니라 현실이 너무 힘든 거야……."

"응?"

영수는 의아한 얼굴로 나를 보았다. 나는 창밖으로 고개를 돌렸다. 힘들게 예약해놓은 창가 자리에서 야경이 눈에 들어왔다. 크리스마스를 앞둔 도시의 불빛을 배경으로 지하철이 대교 위를 지나갔다.

"현실의 갈등이 너무 버거운 거야. 그래서 소설을 읽으면서까지 갈등을 경험하고 싶지 않은 거지."

지하철에서 내 책을 읽는 사람은 한 번도 본 적이 없지만 휴대폰으로 웹소설을 읽고 있는 사람은 쉽게 만날 수 있었다. 자신만의 불빛 하나를 갖기 위해 새벽부터 늦은 밤까지 달리고 있는 사람들이었다.

"영화화되는 사람들의 삶을 보면서 드라마틱하다고 하지만 사실 모든 사람의 삶은 다 드라마야. 갈등이 넘쳐난다고. 마음먹은 대로 척척 풀리는 인생을 사는 사람이 어디 있냐. 그러니까 소설 속의 세계에서나마 갈등이 사라진 인생을 살고 싶은 거지."

회귀물의 주인공이 되어 주식과 부동산에 투자해 거부가 되거나, 기이한 인연을 만나 한순간에 최고의 고수가 되어 악당들을 물리친다. 주인공이 위기에 처하는 것은 싫다.

'매일의 현실이 위기니까.'

나는 손목시계를 보았다. 시간을 다시 맞추면 나는 또 다른 현실 속으로 떠난다. 그 현실 속에서도 나는 위기에 처해 있을까.

'살아보지 않으면 알 수 없다.'

나는 시계를 만지작거리며 되뇌었다.

6.

랍스터 가게에서 나온 우리는 영수의 집으로 자리를 옮겨 수육 한 접시를 안주 삼아 소주를 마셨다. 영수 녀석은 크리스마스가 끝나는 3일 후에 부활하겠다며 먼저 곯아떨어졌다.

나는 영수가 잠든 것을 확인하고 자리에 누워 손목시계의 시간을 4시 정각에 맞추었다. 지난 두 차례의 경험으로 나는 몇 가지 사실을 확인했다.

첫째, 시계가 발동하면 나는 그 자리에서 의식을 잃는

다. 그러니 안전한 장소에서 사용해야 한다.

둘째, 열두 개의 시침은 120년을 뜻한다. 2시는 20대, 8시는 80대였으니 4시는 40대일 것이다. 20대를 택했을 때는 결혼식 장면이 나왔고, 80대를 골랐을 때는 죽음을 앞둔 장면이 나왔다. 마동석은 꼭 봐야만 하는 순간으로 나를 보내준다고 했다. 그 순간들이 10년 동안 가장 중요한 장면이었기 때문일 것이다.

셋째, 손목시계가 정각이 되면 나는 다시 지금의 인생으로 되돌아온다. 내가 '작가의 길을 택하지 않은 나의 인생' 속에서 머무를 수 있는 시간은 길어도 한 시간이라는 뜻이다. 그렇다면 매시 정각을 고르는 것이 합리적인 선택이다.

4시 정각을 고른 이유가 하나 더 있다. '작가가 아닌 인생' 속에서 내가 서른 즈음에 결혼을 했다면 10년의 시간이 지난 시점이기 때문이다.

결혼 소식을 전하며 청첩장을 주던 지인들은 하나같이 행복해 보였다. 그들은 곧 남편 혹은 아내가 될 사람을 소개하며 '천생연분'이나 '소울메이트'를 만난 것처럼 말했다.

하지만 행복이란 감정은 순간적이었다. 시간이 흘러 누

군가의 남편 혹은 아내가 되어 만난 지인들은 배우자가 자신을 이해하지 못한다며 고통스러워했다. 심지어 잘못된 결혼을 막아주지 않았다며 신을 원망하는 사람도 있었다.

결국 세월이 흐르고 난 후에야 깨닫는 사실이 있다. 결혼을 하고 10년이 지난 후, 작가가 되길 포기한 나의 결혼생활이 어떨지 내 눈으로 확인하고 싶었다. 나는 마음을 정하고 시계의 크라운을 밀어 넣었다. 시간이 다시 움직이기 시작했다.

* * *

"아……."

나는 신음 소리를 내며 눈을 떴다. 영수의 집이 아니라 낯선 천장이 보였다. 몸을 일으켜 주변을 살폈다. 퀸 사이즈의 침대와 옷장, 화장대가 보였다. 화장대 위에는 이름도 어려운 여성용 화장품이 늘어서 있었다. 누가 봐도 부부의 침실이었다.

'철컥.'

누군가 문을 열고 침실 안으로 들어왔다. 손잡이를 돌리는 손길이 액션 영화에서 킬러가 침투를 할 때처럼 조심스러웠다. 나는 자는 척을 해야 하나 망설이다가 침실로 들어온 여자와 눈이 마주쳤다. 그 여자였다. 결혼식에서 처음 본 여자.

"어? 어어……."

나는 순간 언어 능력이 고장 난 것처럼 말을 더듬댔다.

내가 바보같이 보일 수 있지만, 겨우 두 번째 만난 여자와 속옷 차림으로 마주하면 당신도 나처럼 당황할 것이다.

"일찍 일어났네."

두 번째 만난 나의 아내가 말했다.

"어……."

나는 짧게 답하고 상황을 파악하기 위해 주변을 둘러봤다. 침대 근처에 휴대폰은 보이지 않았다. 속이 쓰린 것을 보니 이쪽 현실의 나도 어제 술을 한잔한 것 같았다.

'폰을 잃어버린 건 아니겠지.'

화이트 컬러의 전자 벽시계가 08:27이란 숫자를 보여주었다. 평일이라면 일찍 일어났다는 말을 들을 시간은 아니었다. 어제 무리하게 술을 마시고 밤늦게 들어왔다면 아마 지금은 주말일 것이다. 한데 아내는 외출할 것 같은 복장이었다.

"어디 가?"

내가 슬쩍 물었다. 아내는 빤한 질문을 왜 하냐는 듯 답했다.

"교회 가지."

"아, 교회! 그렇지. 일요일이구나. 내가 정신이 없어서…… 하하!"

내가 멋쩍게 말하자 아내가 피식 웃더니 화장대 앞에 앉아 옷매무새를 가다듬었다.

시간도 없는데 내가 태평해 보일 수도 있겠다. 물론 나도 서둘러야 한다는 걸 잘 안다. 자는 동안에도 차고 있던 내 손목시계는 4시 5분을 지나고 있었다. 55분 안에 나는 이쪽 현실의 내 삶에 대해서 최대한 많은 정보를 알아내야 했다.

일단 지난 5분 동안 알게 된 사실은 하나뿐이었다. 아내가 눈부시게 아름답다는 것이다. 세월이 꽤 흘렀는데도 아내는 30대 초반 정도로 보였고, 성숙한 여성이 뿜어내는 매력이 가득했다.

'이런 여자를 어떻게 만났을까.'

상상하기도 어려웠지만 아내를 어떻게 만났건 아마도 내가 첫눈에 반했을 것이다. 나는 방금 사랑에 빠진 남자처럼 거울 속의 아내를 바라보다가 아내와 눈이 마주쳤다.

"뭘 그렇게 봐? 왜?"

아내가 물었다. 어떻게 대답할지 생각하기도 전에 내 입에서 진심이 튀어나왔다.

"예뻐서."

거울을 보고 있던 아내는 몸을 돌려 생물학자가 희귀한 동물을 관찰하듯 나를 쳐다보았다. 나는 갑자기 창피해졌지만 아내에게서 눈을 떼지 못했다. 그저 아내를 계속 보고 싶었다. 하루 종일도 그럴 수 있을 것 같았다. 그런 내 마음을 알아차렸는지 아내는 활짝 미소를 지었다.

아름다운 얼굴 가득 번지는 미소는 아내를 한순간에 다른 분위기로 보이게 만들었다. 표정 없이 거울을 보던 아내가 고귀한 부인 같았다면 배시시 웃는 아내는 사랑스러운 소녀 같았다. 나는 그 미소를 보며 덩달아 웃고 말았다.

하지만 아름다운 아내의 미소는 허망한 꿈처럼 순식간에 사라졌다. 방금 전까지 그토록 아름답게 웃고 있던 아내는 화가 난 건가 싶을 정도로 무표정하게 거울만 보고 있었다. 나는 신부 드레스를 입고 내 옆에서 입술을 깨물며 눈물을 흘리던 아내의 얼굴이 떠올랐다.

'혹시 결혼식 때의 일이 이어지는 건가.'

그렇다면 도대체 어떻게 수습해서 결혼식을 마치고 지금까지 함께 살고 있는지 가늠이 되질 않았다.

아내가 화장을 마치고 나갔다. 나도 재빨리 일어나 따라갔다. 침실을 나가자마자 판타지 영화에서처럼 갑자기 눈앞에 새로운 세계가 펼쳐진 것 같았다. 내가 오랫동안 꿈꿔왔던 세계였으나 전혀 현실성이 느껴지지 않는 세계이기도 했다.

아내 앞에 한 아이가 있었다. 처음 보는 아이였지만 내 딸이 분명했다. 딸은 아내에게 신발 투정을 부리고 있었다. 아내가 고른 단정한 신발이 아니라 자기가 좋아하는 캐릭터가 그려진 신발을 신겠다고 고집을 부리는 것이다.

"싫어! 싫어! 나 저거!"

"옷이랑 하나도 안 어울리는데 엄마가 예쁜 걸 골라줘도…… 누굴 닮아서 이렇게 고집이 세?"

아내가 한숨을 쉬며 말했다.

아마 나를 닮아서일 테다. 나는 어릴 때부터 엄마가 사온 옷이나 신발이 마음에 들지 않으면 절대로 착용하지 않았다. 성질은 나를 닮은 것 같지만 외모는 아름다운 아내를 더 닮은 듯했다. 투정을 부리던 아이가 나를 돌아보았다.

나를 보고 쉴 새 없이 깜빡이는 동그란 눈, 방금 오븐에서 부풀어 오른 빵 같은 뺨, 작고 도톰한 입술 사이로 새어나온 말 한마디.

"아빠."

작가라면 상투적인 표현을 피해야 한다. 예를 들어, '깨물어주고 싶을 정도로 귀엽다' 같은 문장. 하지만 아버지 입장에서 딸을 볼 때 이보다 적절한 표현은 존재하지 않았다. 어미 판다가 딸 판다를 끌어안고 코를 깨무는 장면이 떠올랐다. 어쩌면 이것은 본능인지도 모르겠다.

나는 본능을 따라 딸에게 다가가 양팔을 뻗어 안으려고

했다. 하지만 딸은 낯선 사람을 경계하는 것처럼 아내의 다리 뒤로 숨었다.

"아……."

나는 헛웃음을 지으며 어정쩡한 자세로 멈췄다. 아내는 오늘따라 이상 행동을 보이는 판다의 사육사처럼 식탁을 가리키며 말했다.

"황탯국 끓여놨어. 우린 갔다 올게."

"어? 아니야! 나도 가야지. 10분, 아니 5분만 기다려줘."

내가 황급히 말하자 아내가 인상을 쓰며 믿지 못하겠다는 얼굴로 되물었다.

"교회를 가겠다고?"

"가면 안 되나……."

내가 눈치를 보며 말끝을 흐렸다.

어머니는 아버지를 보낸 아픔을 잊을 만할 때쯤 재혼을 했지만 어머니가 택한 남자는 바람이 나서 어머니를 떠나버렸다. 어머니는 한동안 방황하다가 신앙을 갖고서 안정을 찾았다. 덕분에 나도 초등학생 때부터 교회를 다니게 되었다. 아주 오랫동안 일주일에 한 번 교회를 가는 것은 나에겐 당연한 일이었다. 하지만 이 현실 속의 나는 다른 습관을 갖고 있는 모양이다.

"그렇게 가자고 할 때는 싫다고 하더니 이제 와서 가겠다고?"

그런 상황이었다면 오히려 환영할 법도 한데 아내는 어이없어 하는 듯 보였다.

"오늘은 한번 가보고 싶네. 금방 준비할게."

나는 욕실로 들어가 군대 훈련소 시절처럼 샤워를 했다. 샤워 후 욕실을 나오니 침대 위에 옷이 꺼내져 있었다. 밖을 힐끔 보니 준비를 끝낸 아내와 딸이 기다리고 있었다. 입고 싶은 스타일의 옷은 아니었지만 나는 5분 내로 환복 후 연병장에 집합하라는 명령을 받은 훈련병처럼 정신없이 옷을 껴입고 밖으로 튀어 나갔다.

* * *

아파트 지하 주차장에 도착한 나는 중요한 사실을 몇 가지 더 알게 되었다. 집 안에서도 예상은 했지만 내가 꽤 비싸 보이는 아파트에서 살고 있다는 것이다. 전세라 해도 작가인 나는 꿈도 못 꿀 집이었다. 게다가 지하 주차장에 서 있는 나의 차는 볼보의 SUV로 1억이 넘는 플래그십 모델이었다.

'내가 이렇게 돈이 많다고?'

집에서 지원받을 가능성은 없었다. 작가가 되는 것을 포기했다면 아마 대학을 졸업하고 취직을 했을 텐데, 대체 무슨 일을 하고 있기에 1억이 넘는 외제차를 끌고 다니는지 이해가 되지 않았다.

'아내가 부자인 건가? 아니면 아내 집이…….'

나는 결혼식장에서 보았던 마동석을 닮은 장인어른을 떠올렸다. 조직의 우두머리라고 해도 믿을 정도의 강한 인상이었다.

'범죄라도 저지르는 거 아니야?'

건달 두목의 딸인지도 모르는 아내가 나를 보며 말했다.

"내가 운전해?"

"어? 아, 그게 내가 어제 많이 마셔서…… 그 왜 전날 밤에 마셨는데도 음주운전으로 걸리는 경우가 있잖아…….”

작가인 나는 운전을 하지 못했다. 연애할 때도 연우를 데려다주기는커녕 오히려 연우의 차를 얻어 타고 다녔다. 새삼 글쓰기 말고는 아무것도 할 줄 아는 것이 없다는 생각이 들어 침울해졌다.

“알았어.”

아내는 내가 둘러대는 말이 듣기 싫었는지 말을 끊고 자신이 운전대를 잡았다.

“혹시 내 폰 못 봤어?”

나는 아내 옆에 앉아 조심스레 물었다.

“내가 어떻게 알아. 건드리지도 못하게 하면서.”

아내가 운전대를 잡고 앞만 보며 말했다. 결혼식 때의 화가 아직도 풀리지 않은 것 같았다.

교회는 집에서 멀지 않았다. 겨우 10분 남짓한 시간이 흐른 후 우리는 교회에 도착했다. 하지만 내 손목시계는 이미 4시 40분을 지나고 있었다.

아내는 주차하고 갈 테니 ‘선하’를 데리고 유아부 예배를 드리라고 말했다. 딸의 이름을 알게 된 나는 호기롭게 대답한 후에 선하를 데리고 차에서 내렸지만 유아부가 어디 있는지 몰랐다. 하지만 방황할 틈도 주지 않고 선하가 내 손을 잡아끌었다.

남은 시간은 불과 15분, 그동안 뭔가를 더 알아내기는 어려웠다. 게다가 나는 선하의 손을 잡은 순간부터 이미 원래의 목적을 잊어버리고 말았다.

내 옆에 바싹 붙은 선하가 아장아장 한 걸음씩 나아갈 때마다 머릿속에서 탄성이 울려 퍼졌다.

'귀여워! 귀엽다고!'

닐 암스트롱이 달에서 한 걸음을 내디디며 인간에게는 작은 한 걸음이지만 인류에게는 위대한 도약이라고 말했던가.

선하는 느리고 서툴게 걸었지만 선하의 손을 잡고 걷는 내게는 새로운 세계로 향하는 놀라운 도약이었다.

아무리 딸이라지만 처음 본 아이한테 어떻게 그런 감정까지 느끼냐고? 리얼 연애 프로를 보라. 겨우 한 달 전에 만난 사람들이 천 년의 사랑이라도 된 것처럼 애절하게 울고 난리더라.

상황에 몰입이 되면 감정은 따라온다. 그래서 관객이 배우의 연기에 빠져들고, 허구의 소설이 독자의 마음을 움직이는 것이다.

하물며 선하는 아역 배우도 아니고, 허구의 인물도 아니다. 선하는 이 세계에서 나의 진짜 딸이다. 막연히 꿈꾸어 왔던 좋은 아빠가 되고 싶다는 소망이 나의 손을 잡은 아이의 좋은 아빠가 되고 싶다는 현실의 바람으로 변해갔다. 시원하고 부드러운 바람에 몸을 맡기듯이 나는 선하의 손에 붙들려 선하가 이끄는 대로 어디로든 가고 싶었다. 하지만 일단은 유아부부터 가야 했다.

"근데 유아부가 이쪽에 있어?"

내가 두리번거리며 말했다. 우리는 어느새 교회 건물 뒤편의 외진 곳으로 들어와 있었다.

"길을 잘못 찾은 거 아니야?"

내가 다시 묻자 선하는 내 손을 놓고 고개를 저었다. 그리고 내 눈을 똑바로 보며 말했다.

"누구세요?"

"응? 무슨 말이야?"

"아빠 아니잖아요!"

선하가 나를 째려보며 말했다.

7.

선하는 어제까지의 아빠와 오늘의 아빠가 다르다는 것을 눈치채고 엄마는 상상도 못할 결론을 내렸다. 아이들은 모르는 것이 많지만 어른들이 너무 많은 것을 알게 되면서 잃어버린 능력을 여전히 갖고 있었다.

"이거 봐. 이게 가면 같아?"

나는 성형 루머에 시달리는 연예인이 자신의 코를 마구 비트는 것처럼 내 볼을 꼬집어 주물럭거렸다.

하지만 선하는 단호하게 말했다.

"얼굴은 같아도 달라. 아빠 아니야."

나는 이걸 어떻게 설명해야 되나 싶어 한숨을 쉬고 무릎을 꿇어 선하와 눈을 맞췄다.

"맞아. 달라. 나는 어제까지의 아빠와 달라. 나는 오늘의 아빠야."

"무슨 말인지 모르겠어."

선하는 아이답지 않게 의연한 태도로 말했지만 미지의 공포를 숨기지 못했다. 나는 선하에게 아빠의 얼굴을 하고 있지만 정체를 알 수 없는 존재였으니까.

"어제까지의 아빠에 대해서 말해줄래? 뭐가 다른지 말해봐."

선하는 잠시 주저하더니 입을 열었다.

"아빠는 날 교회에 데려다주지 않아."

"또?"

"아빠는 항상 폰을 들고 있어."

선하의 아빠는 스마트폰 중독에 걸린 사람처럼 화장실에 갈 때도 폰을 들고 다녔다. 밥을 먹을 때도 마찬가지였다. 아빠는 항상 바빴고 대부분의 시간을 자기 서재에서 보냈다.

"아빠는……."

선하가 입술을 다물었다.

"아빠는?"

내가 묻자 선하는 고개를 숙이고 속삭였다.

"날 사랑하지 않아."

나는 그 자리에 서서 한 시간 전에는 존재조차 알지 못했던 딸의 고백을 들었다. 그리고 그 어느 때보다 확신에 찬 목소리로 말했다.

"불가능해."

"응?"

"널 사랑하지 않는 건 불가능해."

나는 항상 좋은 작가가 되는 것만큼이나 좋은 아빠가 되고 싶었다. 하지만 지금 이 현실 속의 나는 내가 그렸던 좋은 아빠는 아닌 것 같았다. 아마도 바쁘고 무뚝뚝한, 사랑을 좀처럼 표현할 줄 모르는 사람인 것이다. 하지만 그것도 어제까지의 이야기다.

"사람은 변해. 나는 어제까지의 아빠와 다른 아빠가 되기로 결심했어. 그래서 다르게 느껴지는 거야."

"어떤 아빠인데?"

"선하는 어떤 아빠를 원해?"

선하는 잠시 고민하다 소원을 이야기했다.

"밤에 책 읽어줘."

"좋아. 읽어주고 싶은 책도 있어."

내가 흔쾌히 말했다. 하지만 선하는 믿지 못하겠다는 눈치였다.

"거짓말. 전에도 놀이공원 간다고 약속해놓고 안 갔잖아."

"폰 있어? 줘봐."

선하는 의아한 얼굴로 메고 있던 귀여운 크로스백에서 폰을 꺼내어 건넸다.

나는 카메라를 켜서 나의 모습을 영상으로 찍었다.

"명선하의 아버지, 명운은 사랑하는 딸 선하에게…… 일주일에 세 번?"

내가 선하의 눈치를 보자 선하가 불만족스러운 얼굴로 고개를 저었다.

그래, 감당은 내가 아니라 이곳의 내가 할 거니까.

"오케이. 매일 밤에 잠들 때까지 책을 읽어주기로 약속합니다!"

나는 영상 녹화를 끝내고 선하에게 폰을 돌려주었다.

"내가 까먹고 딴소리하면 그거 보여줘."

"응!"

선하는 처음으로 아이처럼 신나 했다.

"여기서 뭐하시죠?"

누군가 뒤에서 나타났다. 놀라서 돌아보니 놀랍게도 내가 아는 사람이었다.

"어, 여긴 어쩐 일이세요?"

내가 '천국에서 온 커피'의 사장에게 말했다.

"아, 선하 아버님이시군요. 선하, 안녕!"

그가 인사를 건네자 선하가 밝은 목소리로 답했다.

"안녕하세요! 전도사님!"

나는 영문을 몰라 눈치를 살폈다.

"전도사님?"

"네, 오래전에 이 앞의 카페에서 뵈었죠? 오랜만이네요.

길을 잘못 찾으셨나요?"

"아, 네……."

나는 당황했지만 이상하게 생각할 일도 아니었다. 내가 이곳에서는 작가가 아니듯 그도 이곳에서는 카페 사장이 아니라 목회자인 것이다.

"잘 지내셨어요? 커피는 여전히 좋아하시고?"

내가 내적인 친밀함을 발휘해 물었다. 하지만 돌아온 대답은 예상 밖이었다. 그는 놀란 얼굴로 말했다.

"저는 커피를 안 좋아하는데요. 저번에 말씀도 드렸던 것 같은데……."

"아, 그래요? 제가 헷갈렸나 봐요. 죄송합니다."

어떤 현실을 사느냐에 따라 식성도 달라지는 건가. 나는 이해가 되지 않아 고개를 갸웃거렸다. 하지만 전도사는 왠지 얼굴이 밝아졌다.

"아닙니다. 실은 이제부터 커피를 좋아해볼까 고민하던 참이었는데 뭔가 하나님의 인도를 받은 느낌이네요."

"그래요?"

나는 건성으로 답하고 전도사와 함께 선하를 데리고 유

아부로 향했다. 유아부 근처에 도착했는데 아내가 맞은편에서 오는 것이 보였다. 아내는 한 남자 청년과 아이들이 먹을 음식을 나눠서 들고 오고 있었다.

"집사님 오시네요."

전도사가 그쪽으로 달려가 아내에게서 짐을 받았다. 사실 내가 해야 할 일이었지만 나는 아내가 아닌 다른 사람에게 시선을 빼앗긴 상태였다.

아내 옆의 청년이 아니라 아내 뒤편에서 오는 남자였다. 한 남자가 폰을 들고 아내를 주시하면서 따라오고 있었다. 남자가 아내 뒤쪽에서 폰을 조작하는데 아무리 봐도 아내의 사진을 찍는 것 같았다.

"저기요."

내가 말을 걸자 남자가 나와 눈이 마주쳤다. 동시에 아내도 뒤를 돌아봤는데 남자는 재빨리 몸을 돌려 반대편으로 걸었다.

"잠깐만요! 거기 잠깐 멈춰요!"

내가 소리치며 남자를 쫓아가기 시작했다.

아내가 불안한 얼굴로 자신의 옆을 지나가는 나를 보았

다. 내가 빠른 속도로 따라가자 남자가 갑자기 뜀박질했다.

"저 새끼가!"

나도 남자를 따라서 속도를 올렸다. 글쓰기는 생각보다 강도가 높은 노동이다. 나는 쓰고 싶은 글이 많았고 그러려면 체력 관리가 필수였다. 나는 매일 4킬로미터 정도를 뛰었다. 달리기는 자신이 있었다.

남자와 나 사이의 거리가 점점 좁혀졌다. 이대로라면 분명히 잡을 수 있었다. 달리기 경주는 타임아웃이 없으니까. 하지만 안타깝게도 나에게는 타임아웃이 있었다.

드디어 남자를 따라잡은 순간, 손목시계가 5시 정각을 가리켰다. 갑자기 의식이 흐려졌다. 나는 허물어지듯 바닥에 쓰러졌다. 겨우 몇 걸음 앞에 있던 남자가 바닥에 누운 나를 보고 내게로 돌아왔다. 나를 내려다보는 남자의 얼굴이 확실하게 보였다.

* * *

"아이씨!"

눈을 뜨자 영수의 커다란 얼굴이 눈앞에 보였다. 나는 기겁하며 몸을 일으키다 영수와 머리가 부딪쳤다.

"얼굴을 어디다 들이밀어!"

내가 신경질을 내며 말했다. 영수도 이마를 붙잡고 소리를 쳤다.

"네가 처일어나질 않잖아!"

우리는 우정이 담긴 거친 말을 서로에게 퍼부으며 크리스마스이브 아침을 시작했다. 아침 식사는 이른 시간에 문을 연 중국집에서 배달시킨 짬뽕이었다.

"어제 잘 먹긴 했는데 솔직히 나는 랍스터나 크래미나 뭐가 다른지 모르겠더라. 역시 나한테는 이런 게 맞아."

영수가 짬뽕 국물을 들이켜며 말했다.

"그 비싼 걸 처먹어놓고 크래미가 뭐냐? 크래미가!"

내가 인상을 쓰자 영수가 화제를 돌렸다.

"넌 무슨 악몽이라도 꿨냐? 기절한 사람처럼 반응은 하나도 없는데 얼굴이 공포 영화야. 나 진짜 무서웠어."

나는 지금의 현실로 돌아오기 전 마지막으로 본 남자의 얼굴을 떠올렸다. 다시 만난다면 충분히 알아볼 수 있을 것 같았다.

도대체 어떤 놈이었을까. 왜 아내를 찍고 있었을까.

"……스토커인가."

내가 혼잣말처럼 말했다.

"스토커? 너한테 스토커가 있어?"

"아니, 내가 아니고 아내……."

내가 입을 다물었다.

"아내? 연우 씨?"

"그냥 개꿈이야. 먹어."

내가 가보지 않은 또 다른 인생의 길을 보고 왔다고 말할 수는 없었다. 나는 머리가 복잡해 대화를 끝내고 싶었지만 영수는 그럴 생각이 없어 보였다.

"벌써 마음으로는 결혼했구먼. 하긴 그렇게 오래 만났는데 당연하지. 그냥 빨리 결혼을 해."

"누군 안 하고 싶어서 안 하냐!"

내가 짜증스러운 목소리로 말했다.

"응, 너 보면 안 하고 싶어 하는 거 같아."

"뭐?"

내가 젓가락을 내려놓았다.

"너 10년 전에 상 탔을 때 상금도 두둑하게 받았잖아. 그때 결혼했으면 됐잖아."

"그때는 만난 지 얼마 안 됐을 때잖아. 그리고 그 상금 갖고 뭘 할 수 있는데? 전세 보증금도 안 돼. 연우도 그때는 좀 더 일에 집중하고 싶어 했고……."

"봐, 지금도 못할 이유만 줄줄이 늘어놓잖아. 결혼할 생각이 있는 사람이라면 해야 할 이유를 찾지 않겠냐?"

"……."

영수가 반쯤 베어 먹은 단무지를 들어 보였다.

"옛날에는 어딘가 나의 완벽한 반쪽이 있을 거란 환상이 문제였다면 지금은 다들 결혼은 현실이라고 하면서 거래만 하려고 들지."

영수는 남은 단무지를 입에 쏙 넣고 씹어 먹더니 계속 말했다.

"근데 그 거래조차도 제대로 못해. 제대로 된 거래를 하려면 정확한 가치를 알아야 하는데 진짜 가치를 모르니까."

"넌 결혼 한 열 번쯤 해봤냐? 말은……."

“반백 년 동안 결혼 생활을 성공적으로 유지하고 계시며 당근 매너 온도가 99도인 우리 아버지 말씀이다. 새겨들어라.”

“치사하게 아버지 이름을 파냐?”

나는 반칙에 격렬하게 항의하다가 퇴장당하는 선수처럼 벌떡 일어섰다.

“어디 가? 이따 한잔 더 해야지.”

영수가 다급히 물었다.

“저녁에 교회에서 성극 리허설해.”

여름에 교회 청소년부에서 크리스마스에 공연할 성탄절 성극을 준비하는데 나에게 대본을 써달라는 부탁이 들어왔다. 연극 대본을 써본 적은 없지만 소설을 쓰기 전에는 시나리오 작업을 해본 적이 있어서 어려울 것 같지는 않았다. 어머니를 통해 들어온 부탁이기도 해서 연출은 맡지 않겠다는 조건으로 대본 작업을 받아들였다.

이제 정오가 지난 시각, 최종 연습은 저녁이니 사실 지금 가볼 필요는 없었다. 영수는 혼자가 된다는 두려움으로 나를 붙잡았지만 나는 매정하게 영수를 뿌리치고 나왔다.

하지만 영수가 했던 말은 혼자 있고 싶은 나를 끈질기게 따라왔다.

'정말 내가 결혼을 두려워하고 있는 건가.'

갑자기 연우가 보고 싶어졌다. 그 감정은 그리움이라기보다는 충동에 가까웠다. 연우는 크리스마스이브와 크리스마스 당일, 이틀에 걸쳐 열리는 패션쇼 연출을 맡았다. 아마 지금쯤 이미 현장에 도착해 리허설을 할 것 같았다.

'내가 연출자도 아니고 교회에 꼭 갈 필요는 없지.'

나는 연락도 없이 연우가 연출하는 패션쇼에 가보기로 했다.

충동을 따라 움직이는 건 흥분되는 일이었다. 나는 뭔가 좋은 일이 생길 것 같은 예감에 휩싸였다. 갑자기 나타난 날 보고 잠시 당황했다가 이내 기뻐할 연우의 얼굴이 떠올랐다. 나는 꽃집에 들러 주인의 추천을 받아 포인세티아라는 꽃을 사서 패션쇼 현장으로 향했다. 하지만 막상 도착하니 마음이 불편해졌다. 내가 초대받지 않은 손님이라는 사실이 여실하게 느껴졌기 때문이다.

나는 어디로 갈지를 모르고 방황했다. 연우에게 전화를

걸면 될 일이지만 갑자기 연우가 나를 환영하지 않을 것 같다는 두려움에 사로잡혔다. 다시 돌아가서 성극 공연이나 보고 싶었다.

"어머, 오빠, 안녕하세요."

그때, 나를 알아본 사람이 나타났다. 연우와 함께 일하는 오랜 동료이자 친구였다. 오래전에 연우와 함께 본 적이 있었다.

"오랜만입니다."

내가 반갑게 인사했다.

"정말로요. 오신다는 이야기 못 들었는데."

"네, 갑자기 시간이 나서요. 지금은 바쁘겠죠? 끝나고 봐야 하나……."

"아니에요! 지금 리허설 막 시작했는데 가서 구경하세요. 연우 일하는 모습 못 보셨죠? 은근히 카리스마 있어요. 재밌을 거예요!"

연우 친구는 나를 패션쇼장 입구로 데리고 가서 기자 등에게 발급해주는 통행증을 받아주었다. 나는 통행증을 받아 목에 걸고 안으로 들어갔다.

연우 친구는 간단히 길을 안내해주고 할 일이 있다고 떠났다. 설명을 들은 대로 복도를 따라가자 얼마 가지 않아 패션쇼장이 나타났다. 열려 있는 문 사이로 조명과 함께 음악이 새어 나왔다. 아직 관람객이 입장하지 않아 좌석은 비어 있었다. 아무도 없는 공간에 들어가려니 긴장감이 몰려왔다. 의사가 멀쩡하다고 인증해준 나의 장이 또 요동을 쳤다. 나는 급히 화장실로 갔다.

관람객도 없고 리허설 중이다보니 화장실에는 아무도 없었다. 바지를 내리고 정체 모를 긴장감을 변기에 흘려보내는데 밖에서 남자들의 말소리가 들렸다. 아마도 모델들 같았다.

"리허설 시작했는데 빨리 가야 되는 거 아니에요?"

초조한 목소리만 들어봐도 아직 어린 친구라는 생각이 들었다. 이어진 목소리는 여유가 흘러넘치는 것이 제법 경력이 있는 사람처럼 느껴졌다.

"괜찮아. 생리 현상이잖아."

"그래도요. 연우 연출님, 늦는 거 되게 싫어한다고 들었는데."

나는 일어서려다 연우의 이름을 듣고 움찔거리며 다시 주저앉았다.

"아, 누나? 괜찮다니까."

남자의 능글거리는 목소리가 거슬렸다. 그러고 보니 연우 회사 앞에서 봤던 모델 녀석은 연우를 직함이 아니라 '누나'라고 불렀다.

"씨발 년, 오늘 옷 입은 거 봤냐?"

남자가 낄낄거리며 말했다.

'뭐라고?'

분명히 한국말을 들었는데 해석이 되질 않았다. 친근하게 누나라고 부르며 이야기를 하다가 갑자기 쌍욕이라니.

'연우가 아니라 다른 사람 이야기인가?'

나는 좋은 쪽으로 해석해보려 했지만 연우 이야기를 하다가 갑자기 다른 사람을 욕하는 것도 이상하기는 매한가지였다. 영문을 알려면 문을 열고 나가서 묻는 수밖에 없었다. 하지만 내가 문을 나서자 이미 남자는 동행한 후배와 함께 화장실을 나간 상태였다. 급히 쫓아가려 했지만 휴식시간인지 갑자기 남자 모델들이 좁은 화장실 입구로 몰려

들었다.

“잠시만요.”

나는 헤엄을 치듯이 사람들을 헤치고 화장실 밖으로 나왔다. 복도에 남자가 보이지 않자 나는 바로 패션쇼장 안으로 들어갔다. 그곳에 그놈이 있었다. 연우 회사 앞에서 봤던 그 모델이었다.

놈은 런웨이와 백스테이지 사이에 세워둔 가벽 앞에서 연우와 함께 있었다. 연우는 놈에게서 등을 돌리고 통화를 하는 것 같았다. 놈은 뒤에서 히죽거리며 연우의 엉덩이 쪽을 내려다보고 있었다.

‘씨발 년, 오늘 옷 입은 거 봤냐?’

놈의 말이 떠올랐다. 연우는 통이 넓고 하늘하늘한 바지를 입었는데 재질이 뭔지 움직일 때마다 몸에 닿는 부분이 착 늘어져 몸매가 드러났다. 놈은 클럽에라도 온 것처럼 연우의 뒤에 붙어 연우의 뒤태를 감상하는 중이었다.

내가 런웨이에 올라갔다. 물론 모델처럼 걷지는 않았다. 나는 경기를 앞두고 아드레날린이 폭발하며 링을 향해 나아가는 복서처럼 놈에게 다가갔다.

연우는 통화가 끝났는지 몸을 돌렸다. 놈이 생각보다 가까이 붙어 있어 연우는 놀란 눈치였다. 하지만 연우는 이내 놈을 보고 씩 웃어 보이며 뭐라고 속삭였다. 그 미소가 내 머릿속에 경기 시작을 알리는 종을 울렸다.

8.

나는 책상과 의자만 덩그러니 있는 방에 홀로 앉아 있었다. 곧 마동석 같은 형사가 들어와 나를 취조할 것 같은 분위기였다. 하지만 문을 열고 들어온 사람은 연우였다. 방에 들어온 연우는 무서운 눈으로 나를 쏘아보며 맞은편 의자에 앉았다.

"고소는 안 할 것 같아."

연우가 냉랭하게 말했다.

나는 놈의 얼굴에 시원하게 한 방을 날리고 싶었지만 안타깝게도 내 주먹은 빗겨 맞고 말았다. 그래도 놈의 정신을 쏙 빼놓기는 했다. 주변에 있던 사람들이 달려들어 나를 놈에게서 떼어놓은 후에도 놈은 정신을 차리지 못했다.

"고소? 이 상황에서 고소를 운운해? 처맞지 않은 걸 다행으로 알아야지!"

"이 상황이 뭔데?"

"……."

뒤돌아서 놈을 보며 웃던 연우의 얼굴이 떠올랐다. 나는 입을 다물고 아무 말도 하지 않았다. 나 자신이 너무 비참해질 것 같아서.

"말을 해봐. 갑자기 연락도 없이 왜 온 건데? 무슨 생각을 하고 있었길래 갑자기 와서 사람을 때려!"

연우의 언성이 높아졌다.

보고 싶어서 왔다. 네가 보고 싶어서. 갑자기 네가 견딜 수 없이 보고 싶어서.

분명히 그랬다. 연락도 없이 왜 온 거냐고 네가 놀라서 물으면 꽃다발을 안겨주며 그렇게 답했을 것이다.

하지만 행여나 망가질까 소중하게 갖고 온 꽃다발은 지

금 어디 있는지도 모르겠다. 사라져버린 꽃다발처럼 처음의 마음도 어디론가 사라져버렸다.

나는 꽃다발을 안겨주는 대신 분노를 담아 말했다.

"몰라서 물어?"

연우는 내 말에 웃었다. 그리고 울었다. 연우의 뺨을 타고 눈물이 흘러내렸다.

"내가 바람이라도 피웠을까 봐? 그래서 온 거야? 현장을 잡으려고?"

연우가 이를 악물고 말했다.

"그 새끼가 널 진짜 좋아하는 거 같냐? 그래서 설렜어? 내가 오늘 여기 화장실에서 무슨 말을 들었는지 알아? 너 없는 데서 그 새끼가 널 두고 어떻게 말하는지 아냐고? 그냥 적당히 간 보면서 널 갖고 노는 거야. 그런 새끼라고!"

"나도 알아! 그런 새끼인 거!"

연우가 그렇게 말할 줄은 몰랐다. 실은 패션계에서는 다들 알고 있는 사실이었다. 끼리끼리 논다고 같이 어울리는 그룹 사이에서는 놀 줄 아는 호방한 인물로 알려졌지만 놈은 업계에서 '루키 킬러'라고 불렸다.

“모델의 꿈을 품고 왔다가 그 새끼한테 걸려서 망가진 아이들이 한둘이 아니야. 여자 모델들 사이에서는 신인이 들어오면 교육을 할 정도야.”

어리고 철이 없는 남자 모델들도 놈한테 휘둘려 프로답지 못한 모습만 배워 갔다. 화장실에서 놈과 함께 있던 후배가 떠올랐다. 리허설에 늦었다고 걱정하면서도 놈의 시종처럼 떠나질 못하는 모습이 놈에게 완전히 지배당하는 것 같았다.

“그럼 아까 그놈이랑은 무슨 말을 했던 거야?”

내가 조심스럽게 물었다.

“프로면 프로답게 행동하라고!”

연우가 놈에게 차가운 미소를 날리면서 했던 말은 사랑의 밀어가 아니었다. 이제 막 데뷔한 멋모르는 아이들을 물들이지 말고 똑바로 행동하라는 경고였다.

“미안해…….”

나는 연우를 차마 보지 못하고 고개를 숙였다. 연우는 한동안 침묵하다가 불쑥 다른 이야기를 꺼냈다.

“글은 쓰고 있어?”

"어? 어……."

나는 펑펑 노느라 겨울 방학 숙제를 하나도 하지 못한 꼬마처럼 말을 더듬거렸다.

"올해까지 해보겠다고 했잖아. 다 했어?"

"그게 생각보다 잘 안 돼서…… 아직 쓰고 있어……."

"올해가 일주일 남았는데?"

"……그렇네. 시간이 너무 빠르게 가네."

나는 멍청하게 웃으며 어떻게든 이 대화에서 벗어나려 했다.

"내년에는 어떻게 할 거야? 계속 글 쓸 거야?"

"……."

"그냥 이렇게 계속 가려고? 언제까지? 내 생각은 해?"

대답할 수가 없었다. 나도 답을 모르니까.

"이럴 줄 알았으면……!"

연우가 소리를 지르다가 애써 말을 삼키고 자리에서 일어났다.

"난 가봐야 해. 여기도 원래 대기실로 쓰는 곳이니까 사람들 오면 비켜줘."

연우가 떨리는 목소리로 말하고 문고리를 잡았을 때, 내가 물었다.

"이럴 줄 알았으면 어떻게 했을 거야?"

연우가 돌아서 나를 봤다.

"우리가 처음 만났던 때로 시간을 되돌릴 수 있다면, 오늘 내가 이러고 있을 줄 알았다면 넌 어떻게 할 거야?"

"……."

연우는 답을 하지 못했다. 답을 몰라서는 아닐 것이다. 나도 답을 알 것 같았으니까.

나는 자리에서 일어나 문 앞에 서 있는 연우 앞에 섰다.

"미안하다. 전부 다 나 때문이야."

내가 말하자 연우의 눈빛이 흔들렸다.

"메리 크리스마스."

나는 연우에게 작별 인사를 건넸다.

* * *

집으로 돌아오는 길, 버스에서 머라이어 캐리의 「All I

Want for Christmas Is You」가 울려 퍼졌다. 내가 앉은 자리 앞에서 이제 막 연애를 시작한 듯한 연인이 이 세상에 오직 둘만 남은 것처럼 서로를 보고 있었다. 나는 창밖으로 시선을 돌렸지만 스쳐 지나가는 거리에도 성탄 전야의 분위기가 물씬 풍겼다. 나는 졸리지도 않으면서 눈을 감았다.

버스에서 내린 나는 바로 집에 가지 않고 동네 공원에 들렀다. 잠시라도 혼자 있고 싶었기 때문이다. 크리스마스 이브의 공원은 썰렁했지만 사람이 한 명 있었다. 전에 눈사람을 만들던 꼬마였다. 꼬마는 자신이 만든 눈사람 앞에 있었다. 겨울치고 날이 따뜻해 금방 녹을 것 같았던 눈사람은 아직 사람의 형태를 유지하고 있었다.

"뭐하냐?"

내가 말을 걸었다.

"어, 아저씨. 안녕하세요."

꼬마가 나를 알아보고 씩씩하게 인사를 했다. 꼬마는 녹아가는 눈사람을 보수하고 있었다. 아직도 공원 옆쪽 그늘진 곳에 쌓여 있는 눈이 있어서 가능한 일이었다. 하지만 쌓여 있는 눈도 점점 줄어들고 있었다.

"안 추워?"

내가 물었다.

"괜찮아요."

꼬마는 열정이 넘치는 신인 조각가처럼 말했다. 아무리 따뜻한 날씨라도 눈은 눈이다. 꼬마의 손과 뺨이 빨갛게 달아올랐다.

"그만하고 집에 가. 동상 걸리겠다."

"이것만 하고요."

꼬마가 눈사람 코와 입을 붙이며 말했다. 얼굴이 뭉개져 가던 눈사람은 그제야 숨을 쉬겠다는 듯 활짝 웃었다.

"그래봐야 어차피 녹을 거잖아."

나는 괜히 심통이 나서 못된 말을 했다.

"오늘 밤에 또 눈 온대요."

"그래도 또 녹겠지."

"그럼 다시 눈 올 때 만들죠."

"봄이 오면? 그때는 어쩔 거야?"

"또 겨울이 오잖아요! 그때 만들면 되죠!"

꼬마는 이해가 가지 않는다는 얼굴로 나를 쳐다봤다. 이

길 수가 없는 논쟁이었다. 허무라는 감정을 알기에 꼬마는 너무 어렸다.

'넌 아직도 아이 같아.'

갑자기 영수가 해주었던 말이 떠올랐다.

한여름에 영수와 공원 벤치에 앉아 과자 쪼가리를 두고 맥주를 마시고 있었다. 작가가 되겠다고 선언하고 오래되지 않은 때였다. 주변 사람들은 하나같이 나를 걱정했다.

"너도 잔소리냐?"

내가 과자를 씹어 먹으며 말하자 영수는 고개를 저었다.

"그런 거 아니야. 부러워서 그래."

"뭐가?"

의외의 말에 내가 놀라서 물었다.

"너는 좋아하는 일 하면서 살려는 거잖아. 그게 부러워."

영수가 맥주를 시원하게 들이켜더니 속에 있는 이야기를 털어놓았다.

"나도 열심히 공부하고, 학교 다니고, 이제 드디어 취업도 해서 이 사회의 건실한 일꾼이 되었는데 말이야."

"근데?"

"허무해."

"너 취직했다고 좋아했던 날이 엊그제다. 인마."

내가 어이없다는 듯 말했지만 영수는 웃지 않았다.

"그랬지. 근데 그게 오래 안 가더라. 무엇 때문에 이렇게 열심히 달려온 걸까, 나는 왜 지금 이 일을 하고 있나, 이게 정말 내가 바라던 삶이 맞나……."

말끝을 흐리는 영수의 얼굴에 짙은 피로감이 묻어났다.

영수가 고개를 들어 뛰노는 아이들을 보았다. 열대야에도 아이들은 땀을 뻘뻘 흘리며 공을 찼다. 공원의 조명 아래 드러나는 아이들의 얼굴이 빛나 보였다.

"어른이 되면 하고 싶은 것도 다 하고 좋을 줄 알았는데……."

영수가 씁쓸하게 웃더니 나를 보며 말했다.

"다른 사람들은 걱정하지만 내 눈에는 너 지금 되게 좋아 보여. 저 아이들 같아. 누가 뭐래도 나는 너 응원한다. 너는 진짜로 하고 싶은 걸 해."

내가 멋쩍게 웃으며 고맙다고 했다. 하지만 이제 와 고백하자면 나는 그 순간에 고마움과 함께 우월감을 느꼈다.

'숲속에 두 갈래 길이 있었다고, 나는 사람이 적게 간 길을 택하였다고, 그리고 그것 때문에 모든 것이 달라졌다고.'

로버트 프로스트의 「가지 않은 길」의 구절대로였다.

영수는 많은 사람이 택한 길을 가서 안정을 찾은 대신 허무함에 빠져버렸지만, 나는 사람들이 진짜로 원하면서도 두려움에 피해버린 길을 택했다, 라는 것이다.

멍청한 생각이었다. 그때의 나는 좋아하는 일을 하면서 산다는 것의 의미를 전혀 알지 못했다.

갑자기 겨울다운 세찬 바람이 불어와 부끄러운 지난 기억을 날려버렸다.

"눈사람 만드는 게 그렇게 좋아?"

내가 꼬마에게 물었다.

"네!"

꼬마가 웃으며 고개를 끄덕였다.

"왜 그렇게 좋을까? 왜 눈사람을 만들고 싶어?"

꼬마가 별다른 고민도 하지 않고 대답했다.

"눈이 있으니까?"

내가 웃음을 터뜨렸다.

"너 뭐 엄홍길이야?"

"그게 뭔데요? 우리 집 주소는 샛별길인데."

꼬마가 영문을 모르는 얼굴로 물었다.

"사람 이름이야. 대단한 사람. 너도 대단한 사람이 되려나 보다."

나는 털모자를 쓴 녀석의 머리를 쓰다듬어주었다.

"크리스마스인데 어디 안 가?"

"내일 눈썰매장 가기로 했어요!"

꼬마가 금방 신이 나서 계속 말했다.

"아저씨는 어디 안 가요?"

"응? 뭐, 나는 집에 가야지."

"아저씨는 결혼했어요?"

"어? 어! 결혼했지. 너만 한 딸도 있어."

나도 모르게 작가가 아닌 다른 삶 속의 이야기를 늘어놓았다.

"예뻐요?"

"그럼! 엄마가 예쁘니까."

내가 의기양양하게 말했다.

꼬마는 고개를 끄덕이더니 혼잣말처럼 속삭였다.

"다행이다."

"응? 뭐가 다행이야? 너 무슨 생각을……."

내가 인상을 쓰며 따져 묻자 꼬마는 재빨리 몸을 돌려 달아나듯 자리를 떠났다.

"아저씨, 저 갈게요. 메리 크리스마스!"

"야! 너 이야기를 하다 말고……, 야, 잘 가!"

나는 일단 손을 흔들어 꼬마를 배웅했지만 찝찝함이 가시질 않았다.

'도대체 나를 뭐라고 생각한 걸까? 거짓말이라는 게 너무 티가 났나?'

나는 손목시계를 내려다보며 나 자신에게 변명하듯 말했다.

"아니지. 거짓말 아니잖아."

아름다운 아내와 사랑스러운 딸이 있는 삶, 분명히 그 삶도 나의 것이었다. 마동석은 내가 가보지 않은 길을 경험해보고 마음에 든다면 그 길을 선택해도 된다고 했다. 내가 선택하면 그 길이 나의 진짜 삶이 되는 것이다.

좋은 작품을 써내며 작가로 살아가겠다는 꿈도, 사랑하는 사람과 가정을 갖고 좋은 아빠가 되겠다는 바람도 이제는 기적이라도 일어나야 가능한 일처럼 느껴졌다. 전혀 다른 삶이라도 다시 시작할 수 있는 기회가 주어진다면 선택하지 않을 이유가 있을까.

거기까지 생각했을 때 의문이 생겼다.

'그런데 어떻게 선택을 할 수 있는 거지?'

아무리 기억을 더듬어봐도 마동석은 선택하는 방법은 가르쳐주지 않았다.

'가보자. 일단 가보는 수밖에 없다. 가서 마동석을 또 만날지도 모르니까.'

나는 결단을 내리고 공원 벤치에 앉아 손목시계의 시간을 3시 정각에 맞추었다.

* * *

나는 팬티 바람으로 침대에서 일어났다. 눈을 뜬 곳은 전에 보았던 그 아파트가 아니었다. 침실과 거실 공간이 분

리된 원룸 오피스텔 같았다. 당연했다. 지금은 신혼일 테니까. 처음부터 그렇게 비싼 아파트에서 결혼 생활을 시작했을 것 같지는 않다.

팬티 바람으로 침대에서 일어났으니 아침일 거라고 생각했지만 블라인드가 내려와 있고 불이 환하게 켜져 있었다. 그리고 화장실에서 샤워하는 소리가 들렸다.

'이 상황은…….'

텐트가 되어 있는 팬티가 내 추측이 확실하다고 확인해주었다.

"갑자기? 이거 어떡하지?"

나는 당황해서 어쩔 줄 몰라 방 안을 서성댔지만 곧 마음 깊은 곳에서 강력한 목소리가 들려왔다.

'뭘 고민해! 뭐가 잘못됐는데? 이제 곧 샤워를 마치고 나올 여자는 내 아내야! 우리는 부부라고! 연우와도 끝났으니 이건 바람도 아니야!'

하지만 연우를 떠올리니 마음이 아려왔다. 이별이 실감나지 않았다.

'확실하게 말을 하지 않았기 때문인가.'

나는 고개를 저었다. 연우는 알아들었을 것이다. 무엇보다 연우는 후회하고 있었다. 나와의 만남은 연우의 인생에서 하지 말았어야 할 잘못된 선택이었던 것이다. 하지만 멈추고 돌이키기에는 멀리 와버렸다. 진짜 가족이 되기 전에 가족처럼 되어버려 떼어낼 수가 없었던 것뿐이다.

화장실 문이 열렸다. 습하고 더운 공기와 함께 길게 쭉 뻗은 다리가 모습을 드러냈다. 방금 전까지 품고 있던 복잡한 생각들이 싹 날아가버렸다.

나도 모르게 자리에서 일어나 아내에게 다가갔다. 아내는 실크로 된 나이트 드레스를 입고 등을 돌리고 있었다. 몸에 착 붙은 드레스 위로 아내의 몸매가 그대로 드러났다. 내가 아내의 잘록한 허리에 손을 대자 아내가 고개를 돌려 웃어 보였다. 나는 그 미소를 보고 숨이 멎을 뻔했다.

아내가 아니었다.

9.

"누구세요?"

내가 놀라서 뒤로 물러났다.

여자는 미소를 지으며 나에게 다가왔다.

"뭐야? 무슨 콘셉트인데? 말을 해줘야지."

나도 누가 설명을 해줬으면 좋겠다고 생각했다. 도대체 무슨 일이 벌어지고 있는 건지 알 수가 없었다. 아니, 정확히 말하면 이 상황을 믿을 수가 없었다.

'내가 바람을 피운다고?'

처음에는 결혼을 하기 전으로 온 건가 싶었다. 물론 말도 안 되는 생각이었다. 나는 분명히 정각 3시로 시간을 맞췄으니 지금은 분명 결혼 이후다. 그리고 이 상황은 '바람을 피우고 있다' 외에는 해석할 도리가 없었다.

"저기…… 내 옷이 어디 있지?"

나는 일단 옷부터 입으려고 주변을 살폈다.

"옷? 의상도 준비했어? 내 것도 있어요?"

여자가 간드러지게 웃으며 입고 있던 드레스도 벗어 던졌다.

"진짜 미치겠네!"

나는 여자를 힐끗 보고 황급히 침대 앞의 작은 옷장을 열었다. 안에 정장이 하나 걸려 있었다. 나는 급히 옷을 꺼내 입었다.

"이거 내 거 맞죠? 아니라도 일단 입고 갈게요."

나는 답을 듣지도 않고 허겁지겁 옷을 입었다.

알몸으로 내게 다가오던 여자는 그제야 이상하다는 듯 말했다.

"오빠, 지금 뭐하는 거야?"

"지금 너무 바쁜 일이 생겨서…… 당장 가야겠어요. 미안해요!"

"오빠!"

여자가 나를 붙잡으려고 했지만, 나는 여자의 손을 피해 침대를 뛰어넘어 문을 향해 달려갔다.

그런데 갑자기 중대한 문제가 떠올랐다.

'여기가 우리 집 아닌가?'

나는 뒤를 돌아보았다. 여자는 여전히 알몸으로 나를 보고 있었다. 여기가 우리 집이라면 내가 나갈 것이 아니라 여자를 빨리 내보내야 했다.

"여기 당신 집이에요?"

내가 다급하게 물었다.

"무슨 말을 하는 거야? 갑자기 왜 이래요?"

여자가 짜증을 내며 말했다.

"여기가 어디냐고!"

내가 소리를 치는데 갑자기 문밖에서 도어락 비밀번호를 누르는 소리가 들렸다. 그 어떤 공포영화 속의 효과음보다 무서운 소리였다.

번호를 안다는 말은 이 집에 사는 사람이라는 뜻이다. 우리 집이라면 아내일 테고, 저 여자 집이라면…….

"유부녀예요?"

내가 묻자 여자는 기가 차다는 듯 웃더니 침대에 다리를 꼬고 앉았다.

잠금이 풀리고 문이 열렸다. 나의 아내냐, 저 여자의 남편이냐는 끔찍한 이지선다의 문제 앞에서 나는 어느 쪽이 나은지를 따져보았다.

아내에게 다른 여자와 뒹굴고 있는, 아니 뒹굴지는 않았지만 홀딱 벗고 있는 여자와 함께 있는 현장을 보여주는 것보다 저 여자의 남편에게 무릎을 꿇고 비는 쪽이 나을 것 같았다.

문을 열고 들어온 사람은 아내도, 내 뒤에 있는 여자의 남편도 아니었다.

"성매매 특별 단속 나왔습니다."

마동석이 방으로 들어오며 함께 온 동료들에게 말했다.

"여자분은 옷 입혀서 내보내고……."

마동석이 나를 돌아봤다.

"선생님은 같이 가시지요."

"……."

나는 너무 놀라 입만 벌리고 있었다. 갑자기 나타난 마동석 때문이 아니다. 오히려 나는 그를 다시 만나길 기다리고 있었으니까.

내가 경악한 이유는 내가, 그것도 아내가 있는 내가 성매매를 했다는 사실 때문이었다.

평생 잊지 못할 어머니의 모습이 있다. 일곱 살 때 실컷 놀다가 집에 돌아왔는데 어머니가 불도 켜지 않고 홀로 앉아 멍하니 밖을 보고 있었다. 웅크리고 있는 어머니의 몸이 그렇게 작다는 것을 그때 처음 알았다. 몸을 돌리고 있어 어머니의 얼굴은 보이지 않았지만 나는 어머니의 등에서 깊은 슬픔을 느꼈다.

어머니는 내가 여섯 살 때 한 남자와 만나 재혼을 했다. 하지만 그 남자는 1년도 지나지 않아 스무 살은 어린 술집 여자와 딴살림을 차렸다.

동네에 금방 소문이 퍼졌다. 어머니를 동정하는 말들과 그 남자를 욕하는 말들 사이에 이해하지 못할 소리가 끼어 있었다.

"남자가 능력은 있어. 대단하네."

강한 수컷 랍스터가 수많은 암컷을 차지한다는 논리를 인간 세계에 적용한 것이다. 망치에 맞아 머리가 깨진 랍스터 같은 소리였다. 눈앞의 쾌락을 좇아 아내를 배신한 놈이 능력자라고? 세상의 모진 풍파와 유혹에도 넘어가지 않고 영원의 서약을 지켜내는 남자야말로 진짜 남자가 아닌가.

나는 뇌까지 푹 삶아진 것 같은 랍스터 같은 사람들을 경멸했다. 그리고 절대로 그들처럼 살지 않겠노라 다짐했다. 나는 그런 사람이었다.

"나는 그런 사람이 아니에요! 지금 나는 내가 아니라고요!"

내가 흥분해서 소리를 쳤다.

"선생님, 이미 같이 온 분들도 다 걸렸어요."

마동석이 손을 들어 나를 진정시키며 계속 말했다.

"지금 상황이 당황스럽고 무섭지요? 어쩌면 억울할 수도 있을 거예요. 자기 발로 왔지만 어쩔 수 없이 왔다고 하시는 분들도 많거든요. 근데 그래 봐야 소용없어요."

“정말이에요! 난 아무 짓도 안 했어요! 지금 나간 여자한테 물어봐요!”

“아니, 그럼 선생님은 왜 여기 계신데요? 눈 떠보니까 갑자기 여기 있었어요?”

“네!”

내가 당당하게 대답했다. 진실이었으니까. 하지만 때로 이해하기 힘든 진실은 사람들을 더 화나게 만들었다.

마동석은 이때까지 비록 업무용이었지만 내내 미소를 지으며 말했다. 하지만 갑자기 분위기가 달라졌다.

“이 양반, 좋게 말해주니까 안 되겠네. 굳이 수갑 차고 끌려 나가야겠어요? 정신 안 차려?”

당장이라도 나를 제압할 기세였다.

“당신, 나 알죠? 내가 당신 구해줬잖아!”

내가 다급히 말했다.

“……이건 또 무슨 소리야? 됐고! 이제 갑시다.”

마동석이 인상을 쓰며 나를 잡으려고 했다.

“이거! 이거 알잖아!”

내가 손목을 걷고 시계를 보여주었다. 마동석의 인상이

더 험악해졌다.

"지금 나 매수하려는 거요? 시간도 안 맞는 시계로?"

"그게 아니라……!"

말을 끝내기도 전에 마동석은 짐승을 옮기는 것처럼 내 목덜미를 움켜쥐고 나를 문 쪽으로 데리고 갔다. 나는 속절없이 끌려가 문 앞에 털썩 주저앉았다. 신발장 앞에 달린 전신 거울에 내 얼굴이 보였다.

그래, 내 얼굴이었다. 어느 누구도 아닌 나의 얼굴.

연우를 두고 딴마음을 품은 적은 없었다. 여자가 나오는 업소에 간 적도 없었다. 그런 곳에 가고 싶다는 생각조차 한 적 없었다. 나는 그런 사람이라고 생각했다. 바람 같은 건 절대로 피울 수 없는 사람, 그렇게 태어난 사람이라고.

하지만 아니었다. 거울 속에서 두려움이 가득한 죄인의 얼굴을 한 내가 나는 그런 사람이 아니라고 말해주고 있었다. 다른 길을 선택하고, 다른 삶의 방식으로 살아가는 나는 얼마든지 다른 사람이 될 수 있었다.

도대체 무슨 짓을 하고 사는 거냐! 왜 이렇게 형편없는 인간이 된 거냐!

나는 또 다른 나에게 물었지만, 거울 속의 나는 대답 없이 눈물만 흘릴 뿐이었다.

* * *

나는 공원 벤치에 누워 있다가 눈을 떴다. 눈물이 뺨을 타고 흘러내렸다. 몸을 일으켜 앉아 아픈 한숨을 토해냈다.

"아아……."

해는 져서 어둠이 내렸고, 공원에는 나와 눈사람뿐이었다. 눈사람은 꼬마가 만든 그대로 나를 보며 미소를 짓고 있었다. 나는 왠지 부끄러워 고개를 숙였다.

'내가 어떤 인간인지 안다면 저 눈사람 말고는 아무도 나에게 웃어주지 않을 거야.'

모든 것을 다 알고도 나를 사랑할 사람이 있을까. 일단 나는 아니었다. 나는 명백하게 자신을 미워하고 있었다.

"와, 눈사람 봐! 귀여워!"

앳된 하이톤의 여자 목소리가 들려왔다. 그쪽을 보니 커플로 보이는 남녀가 공원으로 들어오고 있었다. 많아 봐야

20대 초반 정도로 보이는 어린 친구들이었다. 여자는 억지스럽게 느껴질 정도로 밝은 모습인 반면 남자는 굉장히 음울해 보였다.

누구나 우울하고 힘들 때가 있다. 하지만 반응은 제각각이다. 나처럼 자책에 빠져 괴로워하는 사람이 있는가 하면 누군가를 공격하는 방식으로 스트레스를 푸는 타입도 있다. 그 남자가 그랬다. 아마도 남자의 눈에는 눈사람의 미소가 자신을 놀리는 것처럼 보였던 모양이다. 남자는 다리를 들어 눈사람의 머리를 걷어차려고 했다.

"어이!"

내가 소리쳐 남자를 멈춰 세웠다. 남자는 허공에 들고 있던 발을 땅에 내려놓고 나를 노려봤다.

"어이?"

"남이 애써 만든 걸 부수면 안 되지!"

내가 호기롭게 말했다. 남자가 피식 웃었다.

"이거 아저씨가 만든 거야?"

"아니, 내 친구가."

꼬마의 이름은 몰랐지만 우리는 성탄절 인사를 나눈 사

이다. 심지어 서로의 가정사도 조금 알고 있다. 이 정도면 친구라고 해도 되지 않을까.

"아저씨, 나 지금 기분 더러우니까 건드리지 말고 그냥 가요."

"나도 지금 기분 더러우니까 너나 그냥 가. 눈사람 건드리지 말고."

내가 다가가며 말했다. 어쩌면 그냥 나도 시비를 걸고 싶었는지 모르겠다.

혈기 왕성한 어린 놈들은 아저씨들을 무시하지만 형편없는 하루를 보내고도 내일이 있다고 믿는 어리석은 놈들은 오늘만 사는 아저씨한테 씹어 먹힌다.

하지만 나는 영화 속의 원빈 같은 아저씨가 아니고, 놈도 그저 놀기만 했던 양아치가 아니었다. 남자가 나를 향해 다리를 드는가 싶더니 곧 왼쪽 팔부터 시작해 몸통 전체에 엄청난 충격이 전해졌다. 나는 그대로 눈사람 앞에 풀썩 쓰러져버렸다.

태권도가 실전성이 없다는 말을 하는 사람들은 한번 맞아봐야 한다. 스포츠화가 되면서 룰에 묶여 있을 뿐, 태권도 역시 무도였다. 그리고 놈은 아마도 눈사람을 만들던 꼬마의 나이 때부터 발차기를 연마해온 것 같았다.

"사람을 차면 어떡해!"

여자가 비명에 가까운 소리를 질렀다.

남자는 일격으로 나를 쓰러뜨리는 동시에 정신을 차렸다. 방금 전까지는 나를 패주겠다는 일념뿐이었지만 고통스러워하며 바닥을 뒹구는 나를 보고서 자신이 사고를 쳤음을 깨달은 것이다. 현실을 감당하지 못한 남자는 분노 속으로 도피했다.

"아악! 씨발! 그러니까 왜 나를 건드려! 이 개새끼들아!"

남자는 밤하늘을 향해 울부짖더니 기어이 눈사람의 머리를 걷어찼다. 나를 향해 따뜻한 미소를 지어주던 눈사람은 머리가 부서져 바닥에 흩어져버렸다.

"죄송해요! 지금 가진 게 이거밖에 없어요. 죄송해요!"

여자가 동전까지 가진 돈을 탈탈 털어 고통에 정신을 차리지 못하는 내 앞에 두었다. 쓰러져 있는 나의 귓가에 두 사람이 언성을 높이며 공원을 떠나는 소리가 들렸다.

고통은 조금씩 줄어들었지만 몸이 바닥에 붙어 일어날

생각을 하지 못했다. 내 영혼이 땅으로 빨려 들어가는 느낌이었다. 사람이 흙에서 왔다가 흙으로 돌아간다는 말이 실감 났다. 영혼이 없다면 눈사람과 다를 바가 없었다. 흔적도 없이 녹아버리는 눈사람처럼 사람의 인생도 소멸하고 마는 것이다.

이 1년 내내 글을 쓰지 못했다. 결국 눈처럼 녹아 없어질 글을 써내야 한다는 생각이 나를 괴롭혔다. 그동안 내가 써낸 글들이 아무런 의미도 없게 느껴졌다. 그러자 내 삶이 아무런 의미도 없게 느껴졌다.

갑자기 시원한 감촉이 느껴졌다. 꼬마의 말이 맞았다. 눈이 오기 시작했다. 수많은 눈이 어둠을 헤치고 내 눈을 가득 채우며 내려왔다. 나는 바닥에 누워서 펑펑 쏟아지는 눈을 봤다. 곧 눈이 나를 덮어버릴 것만 같았다. 하지만 일어날 기운이 없었다. 나는 그대로 눈으로 덮인 무덤이 될 것만 같았다.

"만날 때마다 이러고 계시네."

사람의 목소리가 들렸고, 곧 내 눈에 사람의 얼굴이 보였다. 끝까지 죄인을 집요하게 추적할 것 같은 형사의 얼굴이었다.

“이런 데서 자면 얼어 죽어요. 일어나세요.”

성요한이 말했다.

10.

크리스마스이브. 공원에서 노숙자가 폭행을 당하고 있다는 내용의 신고가 들어왔다. 공원의 위치는 성요한이 근무하는 경찰서 근처였다. 신고자는 공원 근처에 사는 남자아이였다. 순찰 차량이 출동하려 했지만 당직으로 근무하던 성요한이 가보겠다고 나섰다.

"커피를 사러 가려던 참이어서요."

성요한은 공원에 도착해 나를 발견하고 병원으로 옮기려고 했다. 하지만 내가 거부하자 나를 카페로 데리고 갔다. 성요한의 단골 카페 '천국에서 온 커피'였다.

"병원에 가보시는 게 좋을 것 같은데요."

카페 주인인 유진신이 말했다. 통성명을 이제야 했지만 알고 보니 유진신은 카페를 하기 전에 법의학자로 일했다고 한다. 경찰서 근처에 카페를 연 것도 그렇고 원래부터 성요한과 친밀한 사이였던 것 같았다.

"죽은 사람 전문이지만 그래도 믿을 만하니까 시키는 대로 하시는 게 좋아요."

성요한이 커피를 사 들고 경찰서로 돌아가며 말했다.

그런 말을 들어서가 아니라 병원에 가봐야겠다는 생각이 들긴 했다. 시간이 지났는데도 왼쪽 팔을 들려고 하면 어깨에 통증이 느껴졌다. 겨우 한 번의 발차기로 내 어깨를 박살 낸 모양이다.

"격투기를 익힌 사람 같네요."

유진신은 전직 법의학자답게 내 어깨의 상태를 보고 용의자를 짐작해냈다. 내 생각도 마찬가지였다.

"네. 발차기 방식이 태권도 선수 같았어요."

"공원에 CCTV도 있어서 잡을 수 있을 겁니다. 일단 병원 가서 치료부터 받으세요.”

“형사님도 그렇게 말씀하시더라고요. 근데…….”

“네?”

“어쩌다 카페를 하시게 된 거예요?”

내가 호기심을 이기지 못하고 물었다.

유진신이 미소를 지으며 명함을 하나 꺼내서 건넸다. 명함에는 ‘그리스도의 신비 교회 담임 목사 유진신’이라고 적혀 있었다.

“사실 저는 목사입니다. 카페를 운영하는 것은 목회를 해나가는 하나의 방편일 뿐이죠. 이 공간은 평일에는 카페로 사용되지만 주일에는 교회로 바뀐답니다.”

나는 유진신이 건네는 명함을 받아 들고 너무 놀라 그 자세로 굳어버렸다.

“법의학자가 목사가 된 것이 그렇게 놀랄 일인가요?”

유진신이 웃으며 말했다.

유진신의 말대로 그리 놀랄 일은 아니었다. 유명한 연예인이나 심지어 무속인이 어느 날 갑자기 목사가 되어 나타나기도 하니까. 법의학자라면 늘 죽음과 가까이 살았을 테니 오히려 신을 찾게 될 만한 계기도 많았을 것이다.

"목사가 된 건 이상하지 않습니다. 그런데 왜 하필 카페입니까? 원래는 커피를 싫어하셨잖아요."

나는 질문을 던지고 유진신의 반응을 살폈다. 유진신은 놀라움을 감추지 못했다.

"그걸 어떻게 아셨지요? 우리는 그런 대화를 나눈 적이 없는데요."

"아니요. 이야기한 적이 있습니다! 제가 커피 이야기를 꺼내자 목사님은, 아니 그때는 전도사님이었죠. 암튼 그때 제 말을 듣고는 하나님의 인도처럼 느껴진다고 하셨어요. 그래서입니까? 그래서 카페를 하게 된 거예요?"

"무슨 말씀을 하시는 건지…… 제가 전도사 시절에 작가님을 만났다고요?"

유진신이 영문을 모르겠다는 얼굴로 말했다.

나는 얼굴을 감싸고 탄식을 내뱉었다.

"……아닙니다. 제가 아무래도 미쳐가나 봐요."

"작가님. 진정하시고 천천히 말씀을 해주시겠어요?"

"말씀을 드려도 믿지 못하실 겁니다. 제가 미쳤다고 생각하실 거예요."

"작가님, 저는 목사입니다. 크리스마스에 신이 아기의 모습으로 이 땅에 왔다고 믿는 사람이지요. 저 역시 누군가에게는 미친 사람일 겁니다. 그러니까 편하게 말씀해보세요."

유진신의 부드러운 음성이 미칠 것만 같던 나의 마음을 조금은 차분하게 만들었다. 나는 얼굴을 가리고 있던 손을 떼고 유진신을 보았다. 유진신이 미소를 지으며 말했다.

"마침 문을 닫을 시간이네요. 손님도 없고요."

유진신은 바 안쪽에서 나와 통유리로 된 문에 'CLOSED' 푯말을 걸었다. 문밖으로 눈발이 거세지고 있었다.

"커피를 준비하지요."

유진신이 돌아와 커피를 내리기 시작했다. 나는 커피 냄새를 맡으며 내가 해야 할 이야기를 속으로 정리해보았다.

어디서부터 어떤 순서로 말을 해야 할지, 무엇을 말하고, 무엇을 말하지 말아야 할지, 그리고 어떻게 끝을 맺을지.

어려운 일은 아니었다. 나는 이야기를 하는 사람이니까. 유진신이 커피를 내오고, 나는 믿지 못할 이야기를 시작했다.

유진신은 조용히 내 이야기를 듣다가 커피를 한 모금씩 마셨다. 나는 가능한 한 자세히, 부끄러운 순간도 숨기지 않고 말했다. 유진신은 가끔 미소를 짓고, 심각한 얼굴로 고개를 끄덕이기도 했다. 그리고 자신을 만난 이야기를 해주었을 때는 크게 놀랐다.

말과 말이 쌓이는 동안 문밖에는 눈이 수북이 쌓였고, 거센 눈발은 말줄임표처럼 점점 줄어들다가 마침내 마침표를 찍었다. 이야기를 끝낸 나는 그제야 잔을 들어 천국에서 온 커피를 마시고 물었다.

"제 말을 믿어주시겠습니까?"

유진신이 생각에 잠겼다가 입을 열었다. 유진신의 말투는 부드러웠지만 눈빛은 날카롭게 빛났다.

"저는 법의학자였습니다. 과학을 믿지요. 죄송하지만 논리적으로 생각해보자면 제 뒷조사를 하셨다고 보는 편이 타당하겠지요."

"제가요? 아니, 제가 흥신소 직원도 아니고 왜 뒷조사 같은 걸 합니까?"

내가 항변하듯 말했다. 하지만 유진신은 느긋한 얼굴로 말을 이었다.

"보통은 사기를 치려고 하는 거겠죠."

"사기요?"

내가 얼굴을 찌푸렸다.

"어렵게 생각할 것도 없습니다. 과거를 맞춰서 신뢰를 얻고, 미래를 가르쳐주겠다고 하면서 돈을 요구한다. 흔해 빠진 방식이죠."

"아니, 그런 사기를 치려면 사주팔자 같은 걸 좋아하는 사람한테 해야죠. 목사님한테 그런 사기를 쳐요? 그게 논리적으로 맞습니까?"

"사이비 이단 교회도 그런 사기를 쳐요. 그들의 가장 큰 타깃은 목사입니다. 목사를 속여 넘기면 교회 하나를 통째로 집어삼킬 수도 있으니까요. 대표적으로 '새예언' 같은 단체죠."

나는 가슴이 답답해 식어버린 커피를 단숨에 마시고 입을 열었다.

"저는 멀쩡한 교회 다니고 있거든요. 솔직히 어렸을 때부터 습관적으로 다녔을 뿐이고, 지금은 선데이 크리스천이나 마찬가지지만 새예언 같은 쓰레기 단체랑 엮으시면 너무 억울하거든요. 그 교주 이름이 뭐였지? 쌍욕이라도 해볼까요?”

내가 육두문자를 날릴 준비를 마치고 물었다. 유진신은 내 마음을 알겠다는 듯 손사래를 치며 웃었다.

“그렇다면 몸에 문제가 있을 확률이 남지요.”

유진신이 미소를 거두고 조심스럽게 말했다.

“역시 제가 미쳤다는 건가요?”

“욕처럼 받아들이지 않았으면 좋겠습니다. 뇌에 문제가 생기면 환상을 본다거나 망상에 빠지는 증상이 일어나기도 합니다. 작가님이 ‘가지 않은 길’로 갈 때마다 계속 의식을 잃는다는 것도 몸에 문제가 있어 나타나는 증상이 아닌지 의심스럽습니다.”

내가 자조 섞인 웃음을 지었다.

이런 황당한 이야기를 진지하게 받아들여줄 리가 없지.

“……이번에 병원에 가면 어깨뿐 아니라 뇌도 찍어봐야겠군요.”

내가 씁쓸하게 말했다. 더는 대화를 이어갈 이유가 없었다.

"이야기 들어주셔서 감사합니다."

나는 인사를 건네고 자리에서 일어났다. 하지만 유진신의 이야기는 끝나지 않았다.

"여기까지는 전직 법의학자의 이야기였습니다. 하지만 지금 저는 목사입니다."

유진신이 엉거주춤 서 있는 나를 보며 계속 말했다.

"아까도 말씀드렸지만 목사인 저는 크리스마스에 일어난 기적을 믿습니다. 그것은 과학으로 설명할 수 없지요. 크리스마스의 기적에 비하면 작가님이 말씀해주신 이야기는 놀라울 것도 없지요."

"목사님! 나는 이제 어떡하면 좋지요?"

나는 구세주를 만난 길 잃은 어린 양처럼 유진신에게 가야 할 길을 물었다. 하지만 유진신은 구세주가 아니었다.

"일단 병원에 가서 검사부터 받아보세요."

"네?"

"놀랄 것도 없다고 했지 믿는다고 하지는 않았습니다."

"놀리는 것도 아니고 이게 뭡니까? 나는 심각하다고요!"

내가 화가 나서 말하자 유진신이 카운터 밑에서 성경을 꺼내 테이블 위에 올렸다.

"놀리는 게 아닙니다. 이 책에는 수많은 기적이 등장합니다. 천사를 만난 사람도 있고, 살아서 천국을 보고 온 사람도 있지요. 저는 그 기적들을 믿습니다. 그러니 오늘 작가님에게 또 다른 크리스마스의 기적이 찾아올 수도 있다고 생각합니다. 다만 그게 정말로 일어난 일인지는 알 수가 없다는 것뿐입니다."

그야말로 법의학자 출신의 목사다운 말이었다.

"가정이라도 해줄 수는 없습니까? 진짜로 일어난 일이라고 가정한다면요? 목사님이라면 어떻게 하시겠습니까?"

내가 애원하듯 말했다.

"이유를 찾아야겠지요."

유진신이 담담하게 답했다.

"이유요?"

"평소에 우리는 자연법칙의 지배를 받지요. 물론 그 자연법칙도 하나님이 만드신 것이지만요. 그런데 가끔 하나님은 스스로 정하신 자연법칙을 무시하고 기적을 일으키십니다. 그리고 그럴 때는 분명 이유가 있습니다."

유진신이 휴대폰 화면을 보여주었다. 자정이 되어 날짜가 바뀌었다. 12월 25일. 크리스마스였다.

"이유를 모르면 의미를 모릅니다. 의미를 모르면 기적은 신기한 이야기일 뿐이죠. 저에게 크리스마스는 기적의 날이지만 의미를 모르는 사람에게는 연말에 껴 있는 술 마시기 좋은 날일뿐입니다."

* * *

"지나갈게요!"

다급한 외침이 들리자 복도에 있던 사람들이 양옆으로 흩어졌다. 환자복을 입은 백발의 남자가 응급실에 실려 들어갔다. 얼마나 술을 마셨는지 술 냄새가 잔향처럼 코끝을 스쳤다.

나는 결국 응급실을 방문했다. 크리스마스를 병원에서 맞이하고 싶지는 않았지만 어깨 통증이 나아지질 않아 잠을 자기도 힘들 것 같았다.

응급실에 들어가보니 나보다 먼저 실려 간 남자가 집중 치료실로 옮겨져 있었다. 위중한 상태인지 의사들이 여러 명 달라붙어 응급조치를 취했다.

나처럼 의식이 멀쩡한 환자들은 대기실 의자에 앉아 진료 순서를 기다렸다. 조금 시간이 지나자 젊은 의사 한 명이 내 이름을 불렀다.

"폭행을 당하셨다고요?"

"네, 경찰에 신고 접수는 했습니다."

"어디가 불편하시죠?"

"운동선수 같은 사람한테 발차기를 맞았는데 어깨에 문제가 생긴 것 같습니다. 통증이 심하네요."

의사는 내 어깨를 만졌다. 그러자 단번에 통증이 올라왔다. 굳이 엄살을 부리지 않아도 아픔이 충분히 전달될 정도였다.

"다른 곳은 괜찮으세요?"

나는 뇌에 문제가 있을 수도 있다는 말이 떠올라 머리도 아프다고 말해볼까 고민했다. 발차기를 맞고 바닥에 쓰러지면서 머리를 부딪쳤다고 말하면 검사를 해줄 것 같았지만 나는 있는 그대로 말했다.

"어깨 말고는 잘 모르겠습니다."

"알겠습니다. 검사를 해봐야 할 것 같은데 보시다시피 환자가 많아서 기다리셔야 합니다."

"어쩔 수 없지요. 감사합니다."

크리스마스의 밤은 고요하지도 거룩하지도 않았다. 주인공이 없는 요란한 파티들이 곳곳에서 열렸고, 사건과 사고들이 터졌다. 응급실에는 혼돈의 밤에 휘말려 다치고 아픈 사람들이 줄줄이 들어왔다.

나는 기다림 끝에 엑스레이를 찍은 후 초음파 검사를 받으려고 다시 대기했다. 근처에서 의사가 통화를 하며 투덜거리는 소리가 들렸다. 귀를 기울여보니 환자를 욕하는 내용이었다. 의사가 뒤에서 환자를 욕해서야 안 되겠지만 막상 들어보니 이해는 됐다.

나보다 앞서 실려 들어온 환자 이야기였다. 환자복을 입고 실려 오는 모습을 보고 어디 다른 병원에서 이송을 왔나 짐작했지만, 그 환자는 원래 이 병원 환자였다. 정확한 병

명이나 상태까지는 듣지 못했지만 애초에 응급환자로 와서 수술까지 받은 모양인데 회복하는 중에 멋대로 밖에 나가 술을 퍼마시다가 다시 쓰러져 응급실로 돌아온 것이었다.

"기적이야. 기적……."

의사가 말했다. 다행히 그 환자는 소생한 모양이었다. 하지만 기적이라고 말하는 의사의 목소리에서 기적을 목도한 자의 감격은 찾아볼 수 없었다. 결국 그 환자가 다시 또 멍청한 짓을 저지를 것이란 생각이 들었기 때문이리라.

유진신이 해주었던 말이 떠올랐다. 제아무리 대단한 기적이 우리를 찾아와도 그 기적이 허락된 이유와 의미를 알지 못한다면 그 기적은 그저 신기한 사건일 뿐이라고.

"명운님?"

새로운 의사가 나타났다. 의사는 초음파 기계로 내 왼쪽 어깨의 상태를 살폈다.

"간단히 말씀드려서 어깨의 힘줄이 상했을 가능성이 있습니다. 정확한 상태는 MRI를 찍어봐야 알 것 같습니다. 방법은 두 가지가 있습니다."

의사가 브이 자로 두 손가락을 펴 들고 계속 말했다.

"하나는 예약을 잡아드릴 테니 일단 돌아가셨다가 다시 외래로 오셔서 진료를 받고 검사를 받으시는 겁니다. 최대한 빨리 잡아드리겠지만 시간이 좀 걸릴 겁니다."

"다른 하나는요?"

"지금 입원하시는 거죠. 당연히 외래보다는 빨리 교수님 만나 뵐 수 있고, 검사도 조금은 빨리 진행될 겁니다. 어떻게 하시겠습니까?"

크리스마스라고 해서 갈 곳도 없고, 집에 돌아간다 해도 어깨가 아파서 잠도 못 잘 것 같았다. 나는 입원하기로 결정했다.

거의 새벽 3시가 되어서야 나는 병동으로 올라갔다. 진통제를 처방받고 자리에 누웠다. 기나긴 하루가 끝나가고 있었지만 잠이 오지 않았다. 늦은 시간에 커피를 마시기도 했고, 진통제를 맞아도 통증이 어느 정도 남아 있었기 때문이다. 나는 불면의 밤 속에서 유진신의 말을 곱씹으며 내게 일어난 기적의 이유를 찾아보려고 애썼다. 하지만 떠오르는 것이 없었다. 나는 손목을 들어 시계를 보았다.

'결국 이유를 알려면 가보는 수밖에 없지 않나.'

어차피 잠도 오지 않았다. '가지 않은 길'로 가면 통증도 사라질 것 같았다. 문제는 어느 시점으로 가느냐였다.

내가 지금까지 선택한 시점은 20대, 30대, 40대, 그리고 80대였다. 하지만 길이 갈라지기 전, 그러니까 작가가 되기 전인 10대와 이 세상 사람이 아닐 확률이 높은 90대 이후의 시점은 갈 이유가 없었다.

아직 기회는 여덟 번이 남았지만 사실상 선택할 수 있는 시점은 50대와 60대, 70대뿐이었다. 제대로 쓸 수 없는 기회가 다섯 번이나 되는데 열두 번의 기회를 준다고 말한다면 사기나 마찬가지였다. 사기가 아니라면…….

'같은 시간대를 다시 갈 수 있는 건가.'

20대에 결혼식 말고는 중요한 순간이 없었을까? 마동석은 열두 번의 기회 동안 꼭 내가 봐야만 하는 순간들을 골라 놓았다고 했다. 10년의 세월 동안 꼭 봐야만 하는 순간이 겨우 하나일 리가 없었다. 특히 40대로 가서 본 장면은 스토커 같은 존재만 빼면 평범한 일요일 아침이었다.

'40대로 다시 간다면 다른 것을 볼 수 있지 않을까.'

나는 잠시 고민하다 손목시계의 시간을 정각 4시에 맞

추고 눈을 감았다.

* * *

눈을 뜬 곳은 침대 위가 아니라 어느 호텔 로비에 있는 커피숍이었다. 내 예상대로 똑같이 40대를 골랐지만 저번과는 다른 시점으로 온 것이다!

'누구와 약속이 있는 걸까.'

테이블 위에는 커피가 있었다. 의자 옆을 보니 서류 가방이 보였다. 가방을 열자 휴대폰이 나타났다. 나는 보물을 발견한 것처럼 휴대폰을 집었다. 손가락을 갖다 대자 휴대폰 잠금이 풀렸다.

"나이스!"

내가 흥분된 목소리로 말했다. 주변에서 나를 쳐다봤지만 신경 쓰지 않았다. 휴대폰을 손에 넣었다는 것은 지금 이 시간을 살고 있는 나의 모든 정보를 손에 넣은 것이나 마찬가지였다.

휴대폰을 살피는데 증권사 앱이 눈에 띄었다. 지문으로

앱을 열고 들어가자 내가 보유한 주식이 정리되어서 화면에 올라왔다.

"……."

나는 누가 쌈이라도 싸주는 걸 받아먹는 것처럼 입을 열고 말을 잇지 못했다.

나의 보유 주식은 앞의 두 자리가 19로 시작되었다. 숫자는 계속 이어졌다.

일, 십, 백, 천, 만, 십만, 백만, 천만? 억! 십억!?

나는 부자다.

11.

"와……."

숫자를 보고 있으니 탄성이 절로 나왔다.

"와……."

다시 봐도 놀라움이 사라지지 않았다.

"와……."

숫자를 볼 때마다 행복감이 밀려왔다.

첫눈에 사랑에 빠진 사람처럼 나는 그 숫자에 마음을 빼앗겨 눈을 떼지를 못했다. 그 숫자들은 내가 본 그 어떤 문장보다 아름다워 보였다.

문자 메시지가 오지 않았다면 나는 그 숫자들에서 결코 눈을 떼지 못했을 것이다. 사실 평범한 문자라면 신경도 쓰지 않고 아름다운 문장을 곱씹듯이 그 사랑스러운 숫자들을 계속 되뇌었을 것이다. 하지만 문자를 보낸 이를 확인하고 나는 그 숫자들에서 벗어났다. 문자를 보낸 사람은 어느 출판사의 편집장이었다.

'설마 여기서도 소설을 쓴 건가?'

나는 놀라서 문자를 확인했다.

'저자를 소개할 때 약력만 적으면 딱딱하게 느껴질 것 같습니다. 저희가 몇 가지 버전을 준비해봤으니 확인해주시고 말씀을 해주시면 좋겠습니다.'

원고 집필은 마무리가 되었고, 출간을 준비하는 과정에서 주고받을 만한 내용의 문자였다.

'이곳의 나도 소설가의 꿈을 포기하지 않았구나.'

내가 항상 서재에 틀어박혀서 나오질 않았다는 선하의 불평 어린 말이 떠올랐다.

'글을 쓰느라 그랬던 거구나.'

흥분과 감격 속에서 첨부된 파일을 열었다. 하지만 출판사에서 보낸 파일은 소설가를 소개하는 내용이 아니었다.

소개에 따르면 나는 대학을 졸업하고 증권회사에 입사했다. 30대 후반의 나이에 과장이 되었고, 그때 이미 수십억 원에 달하는 돈을 만졌다. 회사를 관두고 독립한 나는 투자자들 사이에서 '600만 달러의 사나이'란 별명으로 불리며 전설로 통하고 있었다. 내가 쓴 글은 소설이 아니라 주식 투자에 관한 실용서적이었다.

'나한테 이런 재주가 있었구나…….'

기대와 다른 전개라 당황스러웠지만 굉장한 이야기였다. 아마 책도 잘 팔릴 것이다. 내가 내놓은 소설보다야 잘 팔리겠지.

소설가인 나는 주식 투자에 아무런 관심도 없었다. 주식뿐 아니라 부동산이나 코인도 남의 이야기였다. 심지어 로또도 사본 적이 없었다. 나는 오로지 글쓰기에만 열중했다.

내가 돈에 초연한 사람이란 말이 아니다. 무명작가인 나는 돈이 간절히 필요했다. 돈이 있어야 계속 글을 쓸 수 있으니까. 보유 주식만 19억이 넘는 걸 보면 현금 자산도 상당할 것이다. 소설가인 나에게 이런 환경이 주어진다면 책이 안 팔린다고 글쓰기를 포기할 생각은 하지 않을 것이다. 먹고살 걱정은 없으니 오히려 더 글쓰기에 집중하겠지.

'가만, 그냥 여기서 소설을 쓰면 되는 거 아닌가.'

마동석은 여기서 내가 작가로 살아갈 수는 없다고 했지만 그건 내 마음이지. 본인이 작가로 살겠다는데 어쩔 건가. 주식 투자 책이 잘 풀리면 먼저 주식 이야기를 빙자한 에세이를 쓰거나 아니면 바로 주식 시장을 배경으로 한 소설을 써버리는 것이다. 그다음에 쓸 이야기는…….

이런저런 상상을 하니 신이 났지만 나는 곧 문제에 봉착했다. 전에도 한번 생각해본 문제였다.

'근데 어떻게 최종적인 선택을 하지?'

나는 여전히 방법을 몰랐다. 마동석을 다시 만나면 물어보려고 했지만 지난번에 만난 경찰 마동석은 나를 아는 척도 하지 않았다.

초조함이 밀려오자 갑자기 또 배가 아파왔다. 나는 급히 자리에서 일어나 화장실을 찾았다. 평소라면 시원하게 쏟아내고 끝날 텐데 오늘따라 과정도 순탄치가 않았다. 옆 칸의 사람이 바뀌는 동안 나는 계속 변기에 앉아 있었다. 하지만 한참을 끙끙거리면서 생각했다.

'마동석을 찾아야 해. 어떻게든 찾아서 선택하는 방법을 물어보는 수밖에 없다.'

하지만 손목시계는 벌써 4시 40분을 가리키고 있었다. 20분 후면 한 번의 기회가 더 사라지는데 나는 마동석을 찾기는커녕 화장실에서 나갈 수가 없었다. 짜증이 치밀어 올랐다. 그런데 갑자기 옆 칸에서 구원자의 목소리가 들렸다.

"어, 행사는 끝났어. 이제 갑니다."

마동석의 목소리였다. 누군가가 통화하고 있는 듯했다. 곧 변기물이 내려가는 소리가 들리고 옆 칸의 문이 열렸다.

"어……?"

아직 볼 일을 마치지 못한 나는 어쩔 줄을 모르고 엉거주춤하게 일어서다 휴대폰을 놓치고 말았다. 요즘 휴대폰은 꽤 튼튼해서 웬만한 충격에는 망가지지 않는다. 가장 약한 모서리 부분으로 단단한 바닥에 처박히지 않는 한은 말이다.

"아이씨!"

다시 집어 든 휴대폰은 화면이 흔들리더니 곧 꺼져버렸다. 하지만 휴대폰이 문제가 아니었다. 빨리 나가서 마동석을 잡아야 했다. 나는 지릴지도 모른다는 위험을 감수하고 마동석을 따라가기로 결단했다.

화장실을 나와 복도를 살폈지만 마동석은 보이지 않았다. 나는 복도를 헤매다가 화장실에서 가까운 엘리베이터를 발견했다. 엘리베이터가 지하 3층에서 멈췄다. 주차장이었다.

'행사는 끝났어. 이제 갑니다.'

마동석이 했던 말이 떠올랐다. 나는 다른 엘리베이터를 잡아타고 주차장으로 내려갔다. 주차장은 자리를 찾기 힘들 정도로 꽉 차 있었다. 나는 미친 듯이 뛰어다니며 마동석을 찾았다.

'벌써 출발한 건가.'

나는 숨을 헐떡이며 멈췄다. 놓쳤다는 생각에 기운이 쭉 빠지자 기합으로 제압하고 있던 괄약근의 힘도 빠져나갔다. 결국 마동석이 아니라 화장실을 찾으려고 걸음을 옮기는데 멀리서 마동석의 목소리가 들렸다.

"왜 이렇게 늦어?"

연예인들이 타는 밴 차량 앞에 마동석이 서 있었다. 일행을 기다리느라 아직 출발하지 못한 모양이었다.

"잠깐만요!"

내가 급히 외치자 마동석이 나를 보고 손을 흔들었다.

"오, 오랜만이네. 잘 지냈어요?"

마동석이 웃으며 인사를 건넸다. 이렇게 반가울 수가.

나는 마동석에게 다가가며 시계를 봤다. 겨우 2분이 남았다.

"저기 궁금한 게 있는데요."

나는 다짜고짜 본론으로 들어갔다.

"네? 뭔데요?"

"지금 이 시간을 살려면 어떻게 해야 되죠?"

질문을 던지고 남은 시간은 1분 30초. 답을 듣기에는 충분한 시간이다. 그래야만 한다.

마동석은 잠시 당황한 것 같았지만 이내 입을 열었다.

"트레이너 시절부터 저는 항상 배우가 되겠다고 주변에 말해왔어요. 진지하게 듣는 사람은 없었지만 저는 한 번도 그 목표를 잊은 적이 없었어요. 그런 미래의 꿈이 있었기 때문에 항상 현재에 충실할 수 있었던 것 같아요."

"네?"

"지금 이 시간을 충실히 사는 법이 뭐냐고 물으신 거 아니에요?"

마치 퀴즈쇼에서 시간 제한이 걸린 전화 찬스를 썼는데 친구가 답은 알려주지 않고 엉뚱한 이야기만 늘어놓는 기분이었다.

남은 시간은 30초, 나는 다급하게 손목시계를 들어 보였다.

"아니, 그게 아니고!"

나는 설명하려 했지만 너무 마음이 급해 말이 나가지 않았다. 마동석은 시계를 보더니 그제야 알겠다는 듯 웃으며 입을 열었다.

"그냥 시간을 물어보신 건가? 왜 그렇게 말을 어렵게 해요? 시계가 너무 느린데? 지금 이 시간을 살려면 시계부터 다시 맞춰야겠어요."

5시가 되었다. 정각을 알리는 괘종시계처럼 내 몸 깊은 곳에서 팡파르 같은 소리가 울려 퍼졌다.

저주한다. 마동석.

* * *

피로회복제 박스에서 마동석이 근육을 자랑하며 웃고 있었다. 나는 거칠게 박스를 뜯어 병원 침대 위에 탈탈 털었다. 유리병이 우르르 떨어졌다.

"너희들도 하나씩 먹어. 남는 거는 여기 계신 분들한테 하나씩 돌리고 박스는 찢어버려!"

내가 단호하게 말했다.

나는 아침 식사를 할 때가 되어서야 깨어났다. 공휴일이라 오전 회진은 없었는데 대신 의외의 손님들이 찾아왔다. 성극을 준비하고 있는 교회 청소년부 녀석들이 피로회복제를 들고 병문안을 온 것이다. 어머니가 교회 사람들에게 말한 것이 녀석들한테까지 전달된 모양이다.

"죄송해요."

청소년부 회장인 여자아이가 말했다.

"뭐가?"

"솔직히 어제 최종 리허설도 안 오셔서 다들 되게 서운해 했거든요. 이렇게 아프신 줄도 모르고……."

옆에 있는 남자 녀석이 회장을 가리키며 끼어들었다.

"얘가 제일 많이 욕했어요."

"야, 그렇게 말하면 진짜인 줄 아시잖아."

회장이 정색하며 남자 녀석과 티격태격했다. 그런데 함께 온 여자아이는 통 말이 없었다. 원래 말이 많은 타입은 아닌데 성극을 위해 진행된 간단한 오디션에서 의외의 재능을 보여 주인공을 맡은 아이였다. 이름이 독특해서 기억하고 있다. 이름이 아마…….

"루희? 무슨 일 있어? 공연 때문에 긴장돼서 그래?"

내가 물었다.

"아니에요. 긴장되긴 하는데 괜찮아요."

루희는 환하게 웃어 보이려 했다. 하지만 예쁜 미소로도 얼굴에 가득 쌓인 그늘은 몰아낼 수가 없었다.

"스토커 때문에 그래요."

남자 녀석이 또 끼어들었다. 루희는 난감한 기색을 숨기지 못했다.

"넌 좀 닥치고 있으면 안 되냐?"

회장이 타박을 줬다. 아마도 아이들끼리만 알고 있는 이야기 같았다. 하지만 바로 옆에 있으면서 못 들은 척을 할 수는 없었다.

"스토커? 누가 괴롭혀? 그럼 어른들한테 이야기를 해야지."

"아니요. 뭘 하지는 않아요. 그래서 말씀을 안 드렸어요. 그냥 계속……."

루희가 말끝을 흐렸다.

"루희가 가는 곳마다 나타난대요."

회장이 대신 말했다.

처음 스토커와 마주친 곳은 구립 도서관이었다. 정황상 스토커도 그날 처음 루희를 봤을 듯했다.

"엘리베이터에서 내리다가 눈이 마주쳤어요."

하마터면 그 사람이랑 부딪힐 뻔해서 루희는 가볍게 고개를 숙이고 지나갔다. 흔히 있을 수 있는 일이고, 그걸로 끝이라고 생각했다.

"그런데 복도에 잠시 나와서 통화를 할 때도 그 사람이 있고, 화장실을 가려고 나올 때도 그 사람이 있고, 매점에 가도 그 사람이 있는 거예요."

스토커는 루희와 만날 때마다 눈을 맞추었다. 자신의 존재를 각인시키듯이.

"별일이 있었던 건 아니지만 기분이 이상해서 다음 날부터 도서관에 가지 않았어요. 그렇게 잊고 지냈는데……."

스토커가 학교 앞에 나타났다. 도서관에 입고 간 교복을 보고 학교로 찾아온 것이다. 스토커는 하교 시간에 맞춰 학교 앞을 서성거리다 루희를 빤히 보다가 사라졌다.

"너무 놀랐어요. 그래도 친구들이 있어서 별일은 없었는데 학원에도 따라온 거예요. 그리고 어제는……."

루희가 울먹였다.

"리허설할 때 예배당 근처에서 그 새끼를 본 것 같대요. 제가 나가봤는데 도망친 것 같더라고요."

남자 녀석이 화가 난 목소리로 말했다.

"빨리 나가봤어야지! 괜히 폼만 잡고……."

회장이 툴툴거리며 뭐라고 하자 남자 녀석이 인상을 쓰

며 회장을 째려봤다.

"내가 이번에 알게 된 형사님이 한 분 계셔. 일단 그분한테 이야기를 해볼 테니까 루희는 당분간 혼자 다니지 마. 그리고 이런 건 부모님이나 교회 선생님들한테도 알려드려야 해. 말하기 곤란하면 내가 대신 해줄게. 알았지?"

"네. 감사합니다."

루희가 고개를 끄덕이며 말했다.

"저희들이 잘 붙어 있을게요. 걱정하지 마세요."

함께 온 친구들이 씩씩하게 말했다.

"예배 늦겠다. 이제 가봐."

내가 말하자 회장이 간을 보듯 입을 열었다.

"오늘 공연에는 오실 거죠?"

"병원에 입원했는데 내 맘대로 막 움직이면 안 돼. 어제도 어떤 사람이 환자복 입고 맘대로 외출했다가……."

핑계를 늘어놓는데 이번엔 남자 녀석이 끼어들어 내 말을 끊어버렸다.

"어깨 빼고는 멀쩡하다면서요. 술집에 가는 것도 아니고 교회 가서 자기가 쓴 대본으로 공연하는 거 본다는데 못 가게 할까요?"

"아니, 뭐…… 괜찮을까? 물어는 볼까?"

또 다른 핑계를 찾으며 나는 말을 돌렸다. 하지만 저희들끼리 미리 합이라도 짜두고 들어왔는지 이번엔 회장이 치고 들어왔다.

"이거 봐. 우리한테나 소중한 작품이지. 작가님한테는 그냥 발가락으로 대충 써서 신경도 안 쓰이는 그런 건가 봐."

"야! 발가락이 뭐야. 작가는 어떤 글도 대충 쓰지 않아. 다른 사람은 몰라도 나는 안 그래. 일단 일을 맡았으면 최선을 다하는 게 프로야. 알겠어?"

내가 발끈해서 말하자 회장이 두 손을 모아 기도하는 포즈를 취했다.

"잘 알겠습니다. 최선을 다해 써주신 좋은 작품, 저희도 최선을 다해서 연습했습니다. 그리고 최선을 다해서 보여드리겠습니다. 오늘 저녁에 확인해주십시오!"

회장이 도망갈 곳이 사라진 나를 보며 말했다.

"……알았어. 갈게. 간다고! 그러니까 니들도 빨리 가!"

나는 기뻐하는 아이들을 병실에서 내쫓았다.

"안 나오셔도 돼요."

"니들 말처럼 어깨 빼고는 멀쩡해. 엘리베이터까지만 갈 거야."

나는 아이들과 함께 복도에 서서 엘리베이터를 기다렸다. 회장과 남자 녀석은 장소를 불문하고 서로에게 툴툴거렸고, 루희는 그게 재밌는지 웃고만 있었다. 하지만 여전히 조금은 경직된 미소였다.

"너무 신경 쓰지 말고, 편하게 해. 뭐든 너무 잘하려고 하면 오히려 힘들어져."

내가 루희에게 말을 걸었다.

"네. 감사해요."

루희가 수줍게 고개를 끄덕이는데 회장이 어울리지 않는 느끼한 미소를 지으며 끼어들었다.

"루희가 작가님 팬이래요. 책도 전부 다 사서 읽었어요."

"정말? 고맙다. 놀랍네……."

루희는 부끄러운지 얼굴이 붉어졌다.

"제가 감사해요. 좋은 책 써주셔서……."

"근데 뭐가 그렇게 좋은 거야?"

남자 녀석이 무심하게 내뱉었다. 나도 궁금해서 루희를 빤히 보았다. 갑자기 모두의 시선이 루희에게 모였다.

"그니까…… 그게…… 설명을 잘 못하겠는데 그냥 너무 너무 좋아요. 정말 너무너무……."

루희의 얼굴에 표현할 수 없는 감정이 서렸다.

'너무'는 부정적인 상황에서 쓰는 표현이란 이야기를 굳이 할 필요는 없었다. 루희가 내가 쓴 소설을 얼마나 좋아하는지는 너무 잘 전달이 되었으니까.

영수와 마동석에 이어서 또 한 명의 특별한 독자를 만나서 기뻤다.

"너무너무 고맙다."

나는 진심을 담아 말했다. 루희는 어쩔 줄 몰라 하며 웃기만 했다.

"근데 니들은 내 책 안 읽냐? 내가 쓴 글로 공연도 하면서 한번 읽어보는 게 맞는 거 아니야?"

내가 회장과 남자 녀석에게 인상을 쓰며 말했다.

"왔다. 가볼게요!"

회장과 남자 녀석은 다시 한 팀이 되어 루희를 데리고 엘리베이터 속으로 쏙 들어갔다.

"야! 나 청소년 소설도 썼어. 아냐?"

내가 다급히 말하자 닫히는 문틈 사이로 녀석들이 환한 미소와 함께 답했다.

"메리 크리스마스!"

문이 닫히고 엘리베이터가 내려갔다. 엘리베이터의 은색 문에 환자복을 입고 서 있는 내 모습이 비쳤다. 나는 문득 '어제 성극 리허설에 참석한 나'의 오늘은 어떠했을까를 상상해봤다.

일단 이름도 모르는 누군가에게 얻어맞고 병원에 입원하지는 않았을 것이다. 그리고 아직까지 연우와도 만나고 있겠지.

내가 어제 '가지 않은 길'이 '너무' 좋아 보였다. 새삼 삶은 운명에 달린 것도, 우연에 지배당하는 것도 아니며 선택의 문제라는 사실을 다시 떠올렸다.

어제 헤어진 후 연우에게서 아무런 연락도 없었다. 제대로 이별을 고한 것은 아니지만 연우도 그리 생각하고 받아들인 것 같았다. 이제 와서 '가지 않은 길'로 되돌아갈 수는 없는 것이다.

나는 씁쓸하게 병실로 돌아가려다 그 자리에 멈췄다. 한 남자가 내 옆에 다가와 섰다. 엘리베이터를 기다리는 남자는 나를 전혀 신경 쓰지 않았다. 당연했다. 그 남자는 나를 알지 못하고, 지금 나를 처음 보니까.

하지만 나는 그 남자를 안다. 나는 그 남자를 만난 적이 있다. 나는 그 남자를 내가 '가지 않은 길'에서 보았다. 교회에서 내 아내를 쫓아다니며 사진을 찍었던 남자. 내가 쫓아가자 도망쳤던 남자. 그 남자가 지금 작가인 나의 인생에 등장했다.

12.

'이놈은 스토커다. 그쪽에서도, 여기서도.'

나는 옆에 선 남자를 힐끗 다시 보았다. 아내를 쫓아다녔던 놈이 확실했다.

루희를 쫓아서 여기까지 왔겠지만 당연히 병실까지 들어오지는 못한다. 좁은 복도에서 기다릴 수는 없으니 복도 끝에 있는 휴게실이나 화장실에 들어가 있었을 것이다. 하지만 그곳에서는 바깥의 상황을 살필 수가 없다. 스토커는 루희가 나간 것을 뒤늦게 알고 급히 따라가려는 것이 분명했다.

엘리베이터가 올라오고 문이 열렸다. 나는 스토커와 함께 엘리베이터에 타서 놈의 뒤쪽에 섰다. 그리고 휴대폰을 들어 거울로 쓰는 척하면서 영상을 찍었다. 녹화 시작음이 나올 때는 목이 아픈 사람처럼 헛기침했다. 스토커는 문을 통해 나를 힐끔 봤지만 크게 신경 쓰지 않는 것 같았다.

'지금 놈의 머릿속에는 루희뿐이겠지.'

엘리베이터가 1층에 멈추고 문이 열리자 스토커가 먼저 나갔다. 나도 천천히 스토커를 따라 나갔는데 코너에 숨어 있던 놈이 갑자기 나타나 휴대폰을 든 내 손목을 잡아챘다.

"당신 뭐야? 왜 날 따라와? 나 찍었지!"

스토커가 눈을 부라리며 말했다.

"눈치가 좋네. 늘 하던 짓이라서 그런가?"

내가 놈의 손을 뿌리치며 말하자 놈의 얼굴이 험악하게 일그러졌다.

"뭐?"

"너도 알지 못하는 인간이 계속 따라다니니까 싫지? 근데 너는 왜 그러는데? 왜 애를 괴롭혀!"

스토커는 내가 자신의 정체를 폭로하자 당황했다.

"괴롭히기는 누굴 괴롭혀! 내가 지켜주는 거예요!"

스토커가 억울하다는 듯이 소리쳤다. 놈의 망상에 기가 막혔다.

"지켜준다고? 누구한테서? 너 같은 놈한테서?"

스토커가 입을 다물었다. 가까이서 보니 많아야 20대 후반 정도로 보였다.

"너 공무원 시험 같은 거 준비하지?"

도서관에서 봤다는 말이 기억나 넘겨짚었는데 정곡을 찌른 모양이다. 스토커는 안절부절못했다.

"야, 내가 이 동네에서 근무하는 형사를 알거든. 이름이 성요한인데 나랑 가끔 커피도 하고, 술도 마시는 그런 사이야. 여기 봐라."

내가 휴대폰을 들어 성요한과 통화한 목록을 보여줬다. 실은 내가 접수한 폭행 사건과 관련해 통화를 했을 뿐이지만 효과는 확실했다. 스토커는 겁에 질려 있었다.

"너 한 번만 더 그 친구 따라다니면서 괴롭히면 네 인생 종치는 수가 있다. 잘 생각해. 네가 어떤 선택을 하냐에 따라서 전혀 다른 인생의 길이 펼쳐질 수 있다고! 알겠어?”

“……네.”

스토커가 주눅 든 얼굴로 말했다.

“가봐.”

놈은 고개를 꾸뻑이더니 재빨리 돌아서 도망치듯 사라졌다.

“다시는 나타나면 안 돼!”

나는 못을 박듯이 스토커의 뒤통수에 대고 말했지만 앞으로 놈이 어떻게 행동할지는 모를 일이었다.

‘일단 겁을 주었으니 성요한 형사한테 조언을 구해보자.’

오늘은 크리스마스니 내일쯤 연락을 해보자고 생각하고 병실로 돌아왔다. 그런데 놀랍게도 침대에 앉자마자 성요한에게 연락이 왔다.

“잡았습니다.”

“네?”

내가 놀라서 말했다.

“오늘 아침에 와서 자수를 했어요. 여자 친구가 설득한 것 같아요.”

"아, 그 개……! 그…… 걔들 말이군요."

사연 없는 사람은 없다. 그 개……, 아니 그놈한테도 사연은 있었다. 예상대로 그놈은 태권도 선수였다. 그것도 국가대표를 노릴 정도의 실력을 가진 엘리트 선수.

"최근에 중요한 대회가 있었는데 편파 판정으로 졌답니다. 화가 난 상태에서 술을 퍼마셨고……."

누구한테라도 화풀이를 하고 싶은데 실컷 패버려도 문제가 안 될 눈사람을 발견한 것이다. 그런데 어떤 아저씨가 갑자기 앞을 막은 거지.

"홧김에 사고는 쳤는데 흥분이 가라앉으니 폭행죄로 체포되면 선수 생활도 할 수 없을 것 같아서 자수를 한 거겠네요?"

내가 눈사람보다 더 차갑게 말했다.

"속마음이야 모르겠습니다. 혐의는 순순히 인정했고 선생님께서 허락해주신다면 찾아뵙고 용서를 구하고 싶답니다. 어떻게 하시겠습니까?"

내가 잠시 생각하다 입을 열었다.

"지금은 바빠서 조금 고민해보고 연락드리겠습니다."

단순히 마음고생 좀 해보라고 뱉은 말은 아니었다. 정말 지금 당장 할 일이 있었다.

"그것보다 드릴 말씀이 있는데요."

나는 루희를 따라다니는 스토커 이야기를 성요한에게 전했다. 성요한은 내 이야기를 심각하게 받아들이는 것 같았다. 그는 루희를 직접 만나보겠다고 말했다.

나는 전화를 끊고 비장한 표정으로 침대에 반듯하게 누웠다.

"이제 11시인데 또 자?"

옆자리 노인이 말을 걸었다. 나는 어색하게 웃어 보일 수밖에 없었다. 내가 가보지 않은 인생의 길로 가서 그곳의 아내를 스토커에게서 지키려 한다고 말할 수는 없으니까.

스토커와 마주한 시간은 5분도 되지 않았지만 그놈이 위험한 존재라는 사실은 분명했다. 무엇보다 놈이 스스로를 스토킹 대상을 지키는 기사라고 생각하는 점이 심각해 보였다.

40대를 택했을 때 왜 평범해 보이는 일요일 아침으로 이동한 것인지 이제야 이해가 갔다. 놈 때문이었다. 놈이 잠깐 등장한 것만으로 그 순간은 중요한 장면이었던 것이다. 그놈은 분명 무슨 짓을 저지를 것이다. 빨리 가서 손을 써야 했다.

나는 말 많은 노인과 나 사이에 침대 커튼을 치고 손목시계를 봤다. 원하는 시점으로 이동할 수는 없지만 고민할 필요는 없었다. 4시를 택해서 다시 40대로 가면 된다. 스토커가 등장할 만한 중요한 순간이 또 있다면 거기로 가게 될 테니까.

* * *

'왜 또 여기지?'

나는 내가 부자라는 사실을 확인했던 호텔 로비의 커피숍으로 돌아왔다. 주변을 돌아봤다. 근처에 있던 손님도, 흘러나오는 피아노 연주도 모두 그대로였다. 저번과 똑같은 날의 똑같은 장소로 온 것이다.

'마동석을 다시 만나서 답을 들으라는 건가?'

왜 이곳에 다시 오게 됐는지 알 수가 없었다. 하지만 고민할 시간은 없었다. 나는 이해되지 않는 상황은 잠시 접어 두고 할 수 있는 일을 하기로 했다. 우선 가방을 열어 휴대폰을 꺼냈다. 그리고 통화 목록을 뒤져 아내의 전화번호를 찾아냈다. 이름은 '선하 엄마'로 저장되어 있었다.

'마동석을 다시 만나는 건 미뤄두자.'

그럼 한 시간 정도의 시간이 있었다. 아내와 통화만 가능하다면 현재 상황을 파악할 수 있었다. 아내가 스토커의 존재를 인지하고 있는지, 알았다면 어떻게 대처하고 있는지를 알아야 했다. 몰랐다면 경고하고 함께 방안을 강구하면 된다.

하지만 통화가 연결되지 않았다. 시작부터 생각과 다른 전개였다. 나는 잠시 고민하다가 선하에게 전화를 걸었다.

"어, 선하야. 아빠야. 집에 있어?"

"어? 어."

선하는 자다 일어났는지 멍한 목소리였다. 목소리가 지난번에 교회에서 봤을 때와 차이가 없게 느껴졌다.

"선하야, 엄마가 전화를 안 받네. 엄마 집에 있어?"

"……엄마 일하러 갔잖아. 마동석 만나러."

"어?"

마동석? 영화배우 마동석? 그럼 지난번에 여기 와서 만났던 마동석은 정말 영화배우인가?

나는 주차장에서 마동석과 나누었던 대화를 기억해냈다. 마동석은 나를 알아보고 아는 척을 했었다. 내가 아니라 아내 때문에 나를 알고 있는 것이다.

'아내가 엔터 쪽에서 일을 하나?'

나는 자리에서 일어나 황급히 커피숍을 나왔다.

"아, 맞네. 이제 기억났어. 알았어. 선하야. 고마워."

나는 전화를 끊고 프런트로 향했다. '호텔'과 '일' 그리고 '마동석'. 이 키워드들을 묶으니 지금 아내가 이곳에서 뭘 하고 있는지 알 것 같았다.

"저기 혹시 오늘 여기서 영화 관련 행사가 없나요? 마동석 씨가 주연한 영화 같은데……."

내가 프런트 직원에게 물었다.

"행사는 너무 많아서 저희가 다 파악하고 있지는 못합니다. 이걸 참조해주시고 영화제 홈페이지를 확인해주시면 좋은 정보들 얻으실 것 같습니다."

프런트 직원이 친절하게 말했다. 직원은 표준어를 구사했지만 억양에 미세한 부산 사투리가 남아 있었다. 나는 그제야 주변을 살펴보았다.

'여기는 부산이구나! 부산 국제영화제야!'

직원이 건넨 팸플릿은 영화제 조직위원회가 관광객을 위해서 호텔에 비치한 것이었다.

마동석은 영화제 참석을 위해 이 호텔에 묵고 있는 것이다. 아내 역시 영화제에 참석하러 부산에 온 것이고.

'근데 나는 왜 여기 있지?'

아내와 함께 놀러 온 것이 아닐까 추측했지만 이내 말이 되지 않는다는 사실을 깨달았다.

'그럼 선하도 함께 데려왔어야 했다.'

선하는 엄마가 마동석을 만나러 갔다고 했지. 나에 대해서는 한마디도 하지 않았다. 나는 아내도 선하도 모르게 여기 와 있는 것이다. 나는 영문을 알 수가 없어 고개를 흔들었다. 하지만 곧 이유를 알게 됐다. 아니, 이유를 발견했다.

벌써 세 번째 만나는 스토커는 호텔 직원 유니폼을 입고 있었다. 그 사이에 호텔에 취직했을 리는 없다. 어떻게 옷을 구했는지 몰라도 직원 행세를 하는 것이다. 이유는 뻔했다. 여기에 아내도 묵고 있으니까. 그래서 지금 이 순간이 중요하다!

나는 스토커를 따라갔다. 엘리베이터에 탈 때 하마터면 놈과 마주칠 뻔했지만 손님이 많아서 몸을 숨길 수 있었다. 사람들이 하나둘 내리고 나는 병원 엘리베이터에서 그랬던 것처럼 스토커의 뒤에서 휴대폰을 들고 서 있었다.

'아내의 방을 찾는 걸까.'

문이 열리고 스토커가 내리자 나도 따라 내렸다. 계속 따라다닌다고 해서 처벌할 수는 없었지만 호텔 직원을 사칭하고 아내의 방에 침입하려다가 잡힌다면 이야기가 달라질 것이다. 나는 그가 발뺌할 수 없도록 영상을 찍으며 스토커에게 따라붙었다.

스토커가 갑자기 멈춰서 휴대폰을 꺼냈다. 누군가에게 문자를 보내는 것 같았다. 나는 스토커가 누구에게 연락했는지 곧 알게 됐다. 휴대폰을 들고 있던 내 손이 파르르 떨렸다. 스토커가 진동 소리를 듣고 나를 돌아보았다.

"밑에서 기다리고 있으라고 했잖아요."

스토커가 나직하게 말했다.

"어?"

내가 어정쩡하게 대답했다. 스토커가 내 손에 들린 휴대폰을 보며 말했다.

"찍으면 불법입니다. 오히려 불리해져요."

"그게 무슨……?"

"준비는 되셨습니까?"

놈이 비장하게 말했다. 만오천 피트 상공에서 뛰어내릴 준비가 되었냐고 묻는 스카이다이빙 교관 같았다.

"……."

나는 얼어붙어 아무 말도 하지 못했다.

"저는 그냥 지나가다가 손님을 도와서 문을 열어준 직원인 겁니다. 선생님은 제 이름도 모릅니다. 아시겠지요?"

놈이 어떻게 구했는지 주머니에서 카드키를 꺼냈다.

하지 마, 라고 말하고 싶었지만 목소리가 나오지 않았다. 그사이에 놈이 카드키로 문을 열었다. 나는 그 문으로 들어가고 싶지 않았다. 하지만 문이 열리자 나는 빨려들 듯이 안으로 들어갔다.

남녀의 뒤엉킨 신음 소리가 곧 비명으로 바뀌었다. 아내의 위에 올라타고 있다가 굴러 떨어진 남자는 교회에서 보았던 청년이었다. 아내의 옆에서 음료수를 들고 오던, 친절한 미소를 짓고 있던 그 남자 말이다.

갑자기 머리가 빙빙 돌았다. 고장 난 낙하산을 타고 만오천 피트의 상공에서 추락하는 것 같았다.

13.

옆자리 노인이 침대 커튼을 걷고 나를 살폈다.

“점심 왔어. 밥 먹어.”

“……저는 됐습니다.”

내가 몸을 돌리며 말했다. 울고 있던 것을 숨기려고 했지만 어린아이조차 속이지 못할 연기력이었다.

“뭐야? 울어? 어디 아픈 거야?”

“안 아파요!”

나는 신경질을 내며 커튼을 쳤다.

거짓말이었다. 마음이 아팠다. 너무 아파 어깨의 통증을 잊을 정도였다. 10년 넘게 만난 연우와 이별한 것보다 견디기가 힘들었다. 연우와의 이별은 오래된 옷이 서서히 해지다가 마침내 찢어진 것 같았다. 어쩌면 우리 둘 다 끝날 때가 되었다는 사실을 진즉 알고 있었는지도 모른다. 그래서 그토록 무덤덤하게 끝난 것이다. 하지만 그렇다 해도 겨우 세 번 만난 아내와의 파국이 이리도 괴로운 것은 선뜻 이해가 되지 않았다.

'결혼은 연애와는 다르구나.'

나는 새삼 결혼이라는 관계가 얼마나 특별한지 깨달았다. 장기 연애도, 동거도 결혼과는 비교할 수 없었다. 결혼은 법적 효력만 더해진 것이 아니라 훨씬 더 깊은 관계였다. 흔히 하는 말처럼 두 사람이 한 몸이 되는 것이다. 나는 몸이 찢어지는 것 같은 고통을 느꼈다.

침대에 누워 나를 보고 있던 아내의 얼굴이 잊히지 않았다. 눈을 감아도 아내의 얼굴이 눈꺼풀 안쪽에 새겨진 것처럼 선명하게 떠올랐다. 아마도 평생 잊지 못할 듯싶다.

결국 나는 자리에서 일어나 간호 데스크로 갔다. 당장

밖에 나가고 싶었다. 찬 공기를 맞으면 기분이 나아질 것 같았다.

"외출을 하시겠다고요?"

"네. 급하게 입원하느라 챙겨올 것도 있고, 오늘 저녁에 교회에서 행사가 있는데 제가 가봐야 해서요. 늦지 않게 돌아오겠습니다."

간호사가 곤란한 얼굴로 어디론가 연락하더니 곧 외출 허가가 떨어졌다.

"믿고 보내드리는 거니까 술 드시고 오면 안 돼요!

간호사의 당부에 나는 걱정하지 말라고 답하고 병원을 나섰다.

눈은 멈췄지만 꽤 추운 날씨였다. 차가운 바람을 맞으니 정신을 좀 차릴 것 같았다. 성극 공연까지 시간 여유가 있었기 때문에 집에 먼저 들르기로 했다.

버스를 타고 동네까지 와서 집으로 가고 있는데 반가운 얼굴이 보였다.

"꼬마야!"

내가 공원으로 들어가며 말했다. 꼬마도 나를 보고 손을 흔들었다.

"아저씨!"

"네가 경찰에 신고한 거야? 맞지?"

"네!"

꼬마가 수줍게 웃으며 말했다.

"고맙다. 그런데 어떻게 알았어?"

"저 저기 살아요. 꼭대기 층에."

꼬마가 공원 옆의 빌라를 가리켰다. 꼬마의 집에서 보면 공원이 한눈에 들어올 것 같았다.

"나는 혼자라고 생각했는데 다 보고 있었구나."

갑자기 해명할 것이 떠올랐다.

"근데 나 노숙자 아니야! 내가 여기서 계속 자는 거 같으니까 그렇게 생각했지?"

"……그럼 다행이에요."

"야이 씨, 믿는 얼굴이 아니잖아! 진짜야! 이거 봐!"

나는 휴대폰을 꺼내서 내가 쓴 책들을 검색해 보여줬다.

"나 작가야. 소설 쓰는 사람. 거짓말 아니야. 신문에도 나온 적 있어."

꼬마는 내가 상을 탔을 무렵의 인터뷰 사진을 보고 눈이 커졌다.

"우와! 아저씨, 유명한 사람이에요?"

"아니, 유명하진 않아……."

나는 거 보라는 듯 의기양양하다가 순식간에 쭈그러들었다.

"나도 읽어볼게요!"

꼬마가 흥분된 목소리로 말했다.

"고마운데 네가 내 책을 읽으려면 더 커야 할 듯싶네."

"왜요? 야해요?"

꼬마가 사뭇 진지하게 물었다. 나는 그 모습에 웃음이 터졌다.

"아니 그건 아니고…… 그냥 아직은 조금 일러. 중학생…… 아니 넌 똑똑하니까 5학년 정도 되면 봐도 될 것 같은데."

"그냥 나도 볼 수 있는 걸로 써주면 안 돼요?"

"……안 될 건 없는데 내가 계속 글을 쓸 수 있을지 모르겠다."

내가 씁쓸하게 웃었다.

"왜요? 더 쓰고 싶은 게 없어요?"

"아니! 있어. 쓰고 싶은 건 많아. 평생 글을 써도 다 쓸 수 있을까 싶을 정도로……."

"근데 왜요? 글 쓰는 게 좋은 거 아니에요?"

꼬마는 이해가 가지 않는다는 얼굴이었다. 나는 결국 녹아서 사라지고 말 눈사람은 그저 재밌다는 이유로 계속 만드는 녀석에게 어떻게 설명을 해주어야 할지 난감했다.

"근데 넌 왜 여기 있어? 눈썰매장 간다고 하지 않았어?"

내가 대답 대신 질문을 던졌다. 꼬마는 금방 시무룩해졌다.

"아빠가 일 나갔어요."

"크리스마스인데? 아버님이 뭐하시는데?"

"공무원이요. 눈이 많이 와서 가봐야 된대요."

지난밤부터 내린 눈은 길을 걷는 데 지장이 있을 정도로 쌓였다. 게다가 잠시 눈이 멈추기는 했지만 오늘 밤에 더 많은 눈이 내린다는 예보도 있었다.

"아…… 그렇구나."

"눈사람 만드는 게 좋아서 눈 오라고 기도했는데 눈이 많이 오니까 아빠가 쉬지 못해서 싫어요. 내가 눈사람 만드는 걸 아빠도 싫어하겠죠?"

꼬마가 울상이 되어 눈으로 가득한 세상을 둘러보았다.

"아니야. 아빠는 네가 만든 눈사람을 좋아하실 거야."

"정말요?"

꼬마가 믿기 어렵다는 얼굴로 반문했다. 나는 그 얼굴을 보고 힘을 주어 다시 말했다.

"그럼!"

크리스마스에 눈을 치우느라 일터에 가야 한다면 분명 눈이 오는 것이 행복하지는 않을 것이다. 하지만 집으로 돌아오는 길에 기다리고 있을, 아들이 만든 눈사람은 그가 치워야만 했던 하얀 먼지와는 다른 존재일 것이 분명했다.

"앞으로는 눈 말고 다른 걸로도 만들어봐."

"뭐로요?"

"집에 가서 물어봐. 만들 수 있는 재료는 얼마든지 있으니까. 흙으로도 만들 수 있지. 그러면 녹아서 사라지지도 않잖아."

내 말에 꼬마의 얼굴이 환해졌다. 꼬마는 상상도 못했던 새로운 세계를 만난 것처럼 웃었다.

"그래도 오늘은 눈사람을 만들래요. 눈이 많이 왔으니까요."

꼬마가 신이 난 목소리로 말했다.

"그래. 아빠가 보시고 힘낼 수 있게 만들어봐. 나도 보여주고!"

"네!"

씩씩하게 답하는 녀석을 보고 있자니 나도 기운이 났다.

"나도 같이 할까?"

내가 웃으며 묻자 갑자기 꼬마가 곤란한 표정을 지었다.

"친구랑 같이 하기로 해서……."

꼬마가 말한 친구란 처음 보았을 때 같이 눈사람을 만들던 여자아이였다. 마침 크리스마스에 어울리는 빨간색 코트를 입은 여자아이가 공원에 들어오고 있었다.

"오! 여자 친구?"

내가 놀리듯이 말했다.

"예쁘죠?"

꼬마가 입을 헤벌쭉 벌리고 말하자 내가 심술이 난 얼굴로 받아쳤다.

“우리 딸이 훨씬 예뻐.”

“정말 딸이 있기는 해요? 지금 뭐하는데요?”

꼬마가 믿지 못하겠다는 듯 장난스럽게 말하다가 굳어버린 내 얼굴을 보고 입을 다물었다.

“어우! 벌써 시간이 이렇게 됐네. 이제 가봐야겠다.”

내가 애써 웃으며 자리를 떠나자 꼬마가 뒤에서 나를 불렀다. 하지만 나는 그대로 공원을 떠났다.

‘선하는 어떻게 지내고 있을까?’

아내와 나는 헤어졌을 것이다. 그런 일을 겪고 아무 일도 없던 것처럼 살아갈 수는 없을 테니까. 그럼 선하는 누구와 살고 있을까. 아내와 나의 이혼을 어떻게 받아들이고 있을까.

방금 전까지 세상에서 가장 불행한 남자처럼 자기 고통만을 끌어안고 괴로워하던 나는 그제야 선하를 떠올렸다.

‘결국 좋은 아빠도 되지 못했구나.’

대로변은 눈이 어느 정도 치워져 있었지만 골목길은 아

직 엉망이었다. 한 걸음씩 내디딜 때마다 쌓여 있던 눈이 꺼지며 발이 푹푹 빠졌다. 낡아 빠진 러닝화가 눈에 젖어 다리부터 얼어붙는 것 같았다.

가지 않은 길을 가보면 나은 인생이 기다리고 있을지도 모른다고 생각했지만 결국 다를 것은 없었다. 아마 또 다른 길을 간다 해도 마찬가지일 것 같다. 결국 행복으로 이어지는 길을 찾는 데 실패한 것이다. 나는 정상을 향해 가다가 눈보라를 만나 조난을 당한 등산객이 된 기분이었다. 정신없이 걷다보니 어느덧 집 앞이었다. 나는 산 중턱의 대피소라도 찾은 것처럼 문을 열고 안으로 들어갔다.

방에 있던 어머니가 나와서 나를 살폈다.

“퇴원했어? 괜찮은 거야?”

“…….”

내가 말없이 어머니를 보았다.

“이 추운 날 이렇게 얇은 걸 신고 다니면 어떡해?”

어머니가 잔뜩 젖은 내 신발과 바지를 보고 얼굴을 찡그리며 말했다.

어머니를 ‘엄마’라고 불렀던 시절의 기억이 떠올랐다. 어렸을 때 친구 동네에 놀러 갔다가 버스를 잘못 타서 길을 잃어버렸다. 알고 보면 집에서 먼 곳도 아니었지만 제한된 세계 속에서 살아가던 어린아이에게는 공포에 휩싸일 만한 상황이었다. 다행히 주변 어른들의 도움으로 나는 다시 집으로 돌아왔는데, 엄마는 날 보자마자 울음을 터뜨리며 끌어안았다.

자세가 곧고 튼튼한 팔과 다리를 갖고 있던 엄마는 구부정한 등에 가느다란 팔과 다리를 가진 나이가 되어서도 같은 자리에서 길을 잃은 장성한 아들을 맞이했다. 나는 그런 어머니를 끌어안았다.

"……왜 이래? 무슨 일 있어?"

어머니가 당황한 목소리로 말했다.

나는 잠시 마음을 추스르고 어머니를 안고 있던 팔을 내려놓으며 활짝 웃었다.

"크리스마스잖아요."

어머니가 신기한 듯 나를 보며 말했다.

"평생 안 하던 짓을 하네. 어깨가 아니라 머리를 다친 거 아니야?"

"응. 어쩌면 머리를 다친 건지도 몰라."

내가 웃으며 말하고 방을 향했다.

"나 잠을 잘 못 자서 잠깐 자다가 이따 성극 보고 다시 병원 가려고요."

"……그래. 자."

닫히는 문틈 사이로 어머니의 목소리가 들어왔다.

나는 어머니의 고통을 알고 있다고 생각했었다. 하지만 안다고 생각하는 것과 아는 것의 차이는 소설을 재밌게 읽는 것과 재밌는 소설을 쓰는 것의 차이만큼이나 컸다. 나는 이제야 비로소 어머니가 겪었을 고통을 조금은 알았다. 어머니가 사별과 이혼의 아픔을 이겨내고 나와 동생을 키워낸 게 얼마나 대단한 일인지도 알았다. 어머니는 누가 뭐래도 우리 형제에게 좋은 엄마였다. 그리고 엄마가 그랬던 것처럼 나에게도 좋은 아빠가 될 수 있는 기회는 아직 남아 있었다.

'선하를 만나러 가자.'

나는 손목시계의 시간을 다시 맞췄다. 어느 시점으로 가야 선하를 만날 수 있을지는 모른다. 하지만 나는 선하를 만날 거라고 확신했다. 내 인생의 가장 중요한 순간들을 보게 될 거라고 했으니까. 지금 나에게는 무엇보다 선하가 중요하니까.

* * *

크리스마스 분위기가 넘치는 KFC에 머라이어 캐리의 「All I Want for Christmas Is You」가 울려 퍼졌다. 나는 5시, 그러니까 작가가 아닌 나의 50대로 이동했다.

'이 노래는 여전하네.'

나는 주변을 둘러보았다. 2층으로 된 KFC 매장에는 젊은이들이 가득했다. 나는 매장 창문에 비친 50대의 내 얼굴을 보았다. 생각보다 많이 변하지는 않았지만 생기가 없어 보였다. 나는 테이블에 자리를 잡고 앉아 있었지만 아직 주문은 하지 않은 것 같았다. 누군가를 기다리고 있는 것이다. 그리고 그 누군가는 아마도…….

"아빠!"

선하가 2층으로 올라와 나를 보고 활짝 웃었다.

다시 만난 선하는 열일곱 살이 되어 있었다. 어렸을 적 얼굴이 남아 있었지만 키는 벌써 엄마를 따라잡았다.

"아빠. 잘 지냈어?"

선하가 인사를 건넸다. 나는 내 손을 봤다. 손가락에 반지가 없었다. 역시 아내와 나는 이혼한 모양이다. 그리고 아마도 선하는 아내와 함께 사는 것 같았다. 하지만 나를 대하는 선하의 얼굴을 보니 선하와 나의 사이는 결코 나쁜 것 같지 않았다. 그 점이 정말 기뻤다.

인생은 선택의 연속이고 결과다. 아내와 나는 각자 잘못된 선택을 했고, 그 책임을 지게 됐다. 하지만 선하에게는 아무런 잘못도 없다. 선하가 우리를 부모로 선택한 것이 아니니까. 나는 내 어머니가 그랬던 것처럼 내게 남은 기회를 모두 선하를 위해서 쓰기로 마음먹었다.

앞으로 남은 기회는 다섯 번. 전부 선하를 만난다고 해도 선하에게 무엇을 해줄 수 있을지는 모르겠다. 하지만 여기 와서 내가 한 선택들이 내가 돌아가고 나서도 영향을 미친다면 분명 의미가 있다. 아빠가 자신을 사랑하지 않는다며 울었던 선하가 지금의 나를 대하는 모습만 봐도 이전의 내 말과 행동에 영향을 받은 것이 분명했다.

"뭐 먹을까?"

내가 말했다.

"일단 이야기부터 하고 먹자."

선하가 분위기를 바꿔 심각하게 말했다.

"무슨 이야기……?"

"다 알잖아! 모르는 척하지 마! 엄마한테 다 들었으면서!"

"잠깐만……."

내가 양쪽 주머니에 손을 넣었다. 양쪽 다 잡히는 것이 있었다. 나는 우선 휴대폰을 꺼내서 아내에게 온 연락이 있는지 훑었다. 아내가 최근에 보낸 장문의 문자가 있었다. 내용을 파악하기는 어렵지 않았다.

나는 휴대폰에서 시선을 떼고 선하를 보았다. 그리고 나 역시 방금 전과는 전혀 다른 분위기로 선하에게 물었다.

"작가가 되고 싶다고?"

14.

"응. 난 작가가 될 거야."

선하가 단호하게 말했다.

소름이 돋았다. 나의 세포 하나하나에 새겨져 있던 꿈과 소망이 선하에게 고스란히 전해져 그 혈관 속을 흐르고 있는 것 같아서.

그래서 두려웠다. 꿈과 소망만이 아니라 내가 느껴야 했던 절망과 좌절까지 선하에게 이어질까 봐.

"엄마는 뭐라고 그래?"

내 질문에 선하는 아내가 신기려던 신발을 고집스레 거부했던 어린 시절처럼 심통이 난 표정을 지었다.

"몰라서 물어? 이거 입어라! 저거 신어라! 뭐든 엄마 마음대로 안 해준다고 난리인데 뻔하지!"

선하는 잔뜩 삐친 듯 입을 다물었다가 내 눈치를 보며 질문을 던졌다.

"허락해줄 거야?"

"허락하지 않으면 안 할 거야?"

"왜? 왜 안 되는데?"

선하의 눈에서 불꽃이 일어났다.

"진정해. 허락하지 않는다고 한 적 없어."

나는 분위기를 환기시키듯 앞으로 기울어져 있던 몸을 일으켜 세우고 계속 말했다.

"내 말은 허락이 무슨 의미냐는 거야. 너는 이미 결정했잖아."

"……."

"너는 누가 뭐라고 해도 작가의 길을 갈 거야. 그렇지?"

선하가 고개를 끄덕였다.

"그렇다면 허락을 구하는 것은 이상한 일이지. 의미가 없잖아."

"그래도!"

선하의 목소리가 커졌다. 선하는 주위를 의식하고 다시 소리를 낮춰 말했다.

"그래도 허락해주길 원해. 아빠한테 축복받고, 응원받고 싶어. 나한테는 의미 있는 일이야."

"내가 축복하고 응원해서 네가 작가가 된다면 기꺼이 그렇게 하겠어. 하지만 네가 찾아야 하는 의미는 그런 게 아니야. 너는 작가로 살아간다는 게 어떤 의미인지 몰라."

"아빠는 알아?"

"알아."

결국 아빠도 자신을 이해하지 못한다는 얼굴로 나를 응시하는 선하를 보자, 작가가 되겠다고 결심했던 날의 내가 떠올랐다.

"쉽지 않을 거라는 건 나도 알아! 어린아이처럼 무조건 잘될 거라고 환상에 빠져 있는 게 아니야!"

선하는 자신이 얼마나 진심인지를 나에게 전하려고 애

썼다. 하지만 나는 선하의 진심을 이미 알고 있었다. 그게 진심이라서 문제였다. 진심이라서 스스로 속아 넘어가는 것이다.

"어쩌면 아주 힘들어질 수도 있겠지. 아무도 내 글을 읽어주지 않고 누구에게도 인정받지 못하고…… 나도 그런 걸 생각하면 무서워."

선하가 상기된 얼굴로 계속 말했다.

"하지만 그렇다고 이 길을 가보지도 않고 포기하면 나는 평생 후회하며 살 것 같아. 아무리 돈을 많이 벌고 안정되게 살아가도 마음 한구석에 항상 내가 가지 않은 길에 대한 미련이 있을 거야. 그런데 어떻게 행복하게 살 수 있어? 아빠는 내가 행복하길 바라지 않아?"

"……작가로 살면 행복할 거라고 생각해? 그래서 네가 아무것도 모른다고 하는 거야."

"불행할 수도 있겠지! 하지만 나는 비참한 신세가 된다고 해도 작가가 되고 싶어! 글 쓰는 걸 좋아하니까!"

내가 고개를 저었다.

"선하야. 넌 지금 운명의 상대를 만나서 사랑에 빠졌다고 생각하는 거야. 이 사람과 함께라면 어떤 것도 감수할 수 있다고 믿지만 그건 네 감정일 뿐이야. 그리고 영원할 것 같은 그 감정은 어이없을 정도로 쉽게 사라져버려."

"……."

선하는 입을 꾹 닫았다. 엄마를 닮은 커다란 눈에 눈물이 그렁그렁했다. 나는 선하의 마음을 완벽하게 이해했다. 그래서 할 말이 없었다. 무슨 말을 해도 소용없다는 걸 알기 때문이다.

"선하야. 너는 글쓰기를 좋아한다고 하지만……."

"엄마 아빠도 그랬어?"

선하가 내 말을 잘랐다.

"응?"

"엄마 아빠도 한순간의 감정을 사랑으로 착각해서 결혼했어? 그래서 이혼한 거야?"

글을 쓰다보면 칭찬도 듣고, 비판도 받는다. 그리고 가끔은 분노의 대상이 되기도 한다. 내 글 속의 뭔가가 읽는 이의 마음을 좋지 않은 쪽으로 건드려버린 것이다. 그럴 때는 어마어마한 비난을 받는다. 하지만 그 어떤 비난도 선하가 한 말보다 아프지는 않았다.

"나 갈게."

선하가 자리에서 일어났다. 나는 선하를 붙잡지 않았다.

계단을 내려가는 선하의 어깨가 들썩거렸다. 창문으로 내려다보니 문을 나선 선하가 눈을 비비며 지하철역 안으로 들어갔다.

'선하를 위해서라면 세상이라도 구할 기세로 여기 왔건만…….'

내가 멍하니 창밖을 보고 있는데 선하가 앉아 있던 자리에 한 남자가 와서 털썩 앉았다.

"안 따라가도 괜찮아요? 제가 가볼까요?"

남자가 말했다.

"어…… 아니……."

나는 당황해서 말끝을 흐렸다.

그는 10년 만에 본 남자이자 바로 오늘 아침에 본 남자이기도 했다. 작가인 나의 인생에서는 루희를 따라다니는 스토커였고 지금 이곳에서는 아내의 불륜을 조사한 흥신소 직원이었다. 스토커나 흥신소 직원이나 누군가를 집요하게 쫓으며 조사한다는 점에서 비슷한 구석이 있었다. 이쪽에서는 스토커가 되지 않았으니 다행이었다.

"말씀드린 물건입니다."

남자가 USB를 내밀었다.

아내의 불륜을 알게 된 후로 나는 이 남자를 개인 조사원으로 고용한 모양이었다. 내가 투자한, 혹은 투자할 생각이 있는 회사의 내부 정보를 캐내기 위해서인 것 같다.

"수고했어."

내가 뭔지도 모르면서 말했다.

"주제넘은 말씀이지만 그거 파실 생각은 없나요?"

남자가 조심스럽게 물었다.

"응? 글쎄…… 생각을 좀 해보고."

내가 대충 얼버무리자 남자가 몸을 내 쪽으로 바싹 붙이고 속삭였다.

"중국 쪽에 팔면 굉장한 돈이 될 것 같아요. 당장 은퇴할 정도로요. 솔직히 이 정도 정보를 얻어내고 투자 용도로만 쓴다는 건 아쉽습니다."

아마도 처음에는 투자 가치를 파악하기 위해 조사를 했

다가 핵심기술 자료에 접근한 모양이었다. 하지만 이걸 다른 나라의 기업에 넘긴다면 산업 스파이가 되는 것이다.

"그래, 알겠네."

어쨌거나 나는 일단 대화를 끝내고 이 남자를 돌려보내야 했다. 선하에게 못다 한 이야기가 있었기 때문이다. 지금은 무슨 말을 해도 잔소리로 들릴 테니 전화로 대화를 이어갈 생각은 없었다. 나는 남은 시간 동안 문자를 작성해 선하에게 보내려 했다.

"더 시킬 건 없으세요? 사장님 덕분에 먹고사는데 가족 일 정도는 공짜로 해드리죠."

남자가 말했다.

내가 '됐다'라고 하려다가 주머니 속에 있던 물건을 꺼냈다. 물론 나도 처음 보는 물건이었다. 딱 봐도 예쁘게 포장된 선물. 선하에게 주려고 산 것이 분명했다.

"뭡니까?"

나도 몰라서 포장을 풀어보니 고급스러운 케이스가 나왔다. 케이스를 열자 십자가 목걸이가 보였다. 나는 케이스를 닫고 남자에게 건넸다.

"포장을 다시 해서 딸아이한테 보내줘. 대충 하지 말고 매장에 가서 다시 포장해."

"상관은 없는데 포장은 왜 뜯으셨어요?"

남자는 이해를 못하겠다는 얼굴로 케이스를 받아서 주머니에 넣었다.

"아, 목걸이가 귀중품이라 택배가 안 되려나?"

"괜찮습니다. 제가 배송하지요."

내가 고개를 끄덕였다. 호텔 직원으로 위장하는 인간이니 택배 기사 역할도 얼마든지 할 수 있을 것이다.

"돈은 지금 보낼게. 계좌를 알려줘."

"공짜로 해드린다니까요. 그리고 계좌이체 같은 건 안 하셨잖아요?"

남자가 놀란 얼굴로 물었다. 스토킹 같은 범죄는 아니지만 조사를 하다보면 법의 경계를 오가는 상황도 있을 것이다. 아마도 나는 남자와의 연결고리를 철저히 숨기고 있는 것 같았다.

"지금은 급하니까 그렇게 하지. 가족 일이라도 거래를 깔끔하게 하고 싶어."

"그러시죠."

나는 남자가 가르쳐준 계좌를 입력하고 송금했다.

"교통비라고 생각해."

"감사합니다."

남자는 액수를 확인하고 히죽대더니 자리에서 일어났다.

남자를 보낸 뒤 나는 온라인으로 맥북과 아이패드를 주문했다. 소설을 쓰는 데 최신형 노트북은 필요 없지만 '아빠 이야기를 들어달라'는 뇌물이니까 비싼 것을 사야 했다.

'돈 많으니까 좋네.'

나는 결제를 마치고 씁쓸하게 웃었다. 분명 내 돈인데 내 돈 같지가 않아서 이상했다. 하지만 감상에 빠져 있을 시간은 없었다. 이번 기회를 소진하기 전에 남은 시간은 겨우 20분 남짓이었다.

나는 선하에게 보낼 장문의 문자 메시지를 작성했다. 공모에 응모하던 때가 생각났다. 자정이 마감이었는데 11시 58분까지 글을 고치고 있었다. 마침내 1분이 남았을 때 나는 원고를 저장했다. 10년 된 고물 노트북이 잠깐이라도 멈추면 수습도 못할 시간이었다. 메일을 보내며 심장이 쿵쿵

뛰었다. 다행히 전송이 완료되었고 내가 보낸 원고는 당선되었다. 나는 그때처럼 절박한 마음으로 선하에게 보내는 문자를 썼다. 그리고 1분이 남았을 때 문자를 전송했다. 심사위원들의 마음에 들었던 것처럼 선하의 마음에 닿기를 바라며.

* * *

시간에 쫓기다 돌아왔는데 바로 다시 시간에 쫓겼다.

"가봐야겠어요."

내가 방문을 열고 나와서 말했다.

"밥도 안 먹고?"

"괜찮아요. 별로 생각이 없어요."

"무슨 일 있냐? 네가 밥을 건너뛰어?"

어떤 작가들은 배가 부르면 작업에 방해가 된다고 하던데 나는 배가 고프면 글을 쓰지 못했다. 연료가 떨어진 자동차처럼 뇌가 작동을 멈춰버리고 만사가 귀찮아졌다. 그래서 나는 무엇을 하든 식사를 생각하고 움직였다. 그런 내가 끼니를 건너뛴다? 큰일이 생긴 것이다. 지금 내가 겪고 있는 일 같은 것들 말이다. 하지만 어머니는 내가 겪고 있는 일을 모르니 다른 쪽으로 생각이 움직였다.

"오늘은 연우 안 만나니?"

"어…… 훈이는 어딨어?"

내가 괜히 동생을 찾았지만 나와 평생을 함께 산 어머니는 나를 꿰뚫어 보았다.

"헤어졌어?"

"……."

나는 컵에 물을 따라서 벌컥벌컥 마셨다. 물이 목을 넘어가는 짧은 시간 동안 어떻게 이 상황을 넘기나 고민하다 사레가 들렸다.

"진짜로 헤어진 거야? 왜?"

어머니가 심각한 얼굴로 물었다. 결혼을 결정하면 정식으로 상견례를 진행하자고 연우와 얘기를 나눴기 때문에 제대로 인사를 온 적은 없었다. 하지만 워낙 오래 만난 친구이니 어머니도 당연히 연우의 존재를 알았고, 동생이 교통사고로 입원했을 때도 연우가 병문안을 와서 인사를 나누기도 했다.

내가 한참 콜록거리다 입을 열었다.

"아니…… 다들 뭐 만나다가 헤어지고 그러는 거지. 그렇게 됐어."

"바람피웠니?"

어머니가 얼버무리는 나에게 말했다.

"무슨 소리를 하는 거야! 내가 바람을 왜 피워?"

"그럼 연우가 피웠어?"

"아니야. 그냥 간단히 설명하긴 어려운데 그렇게 됐어."

"아니긴!"

어머니가 날카롭게 소리를 쳤다. 나는 그 기세에 눌려 입을 다물었다.

"내가 모를 줄 알아! 너 들어올 때 보고 다 알았어!"

아내의 불륜 현장을 목격하고 비통하게 울다가 밥도 거르고 집에 돌아온 아들의 눈빛을 어머니는 놓치지 않았다. 그저 아들을 잘 알아서가 아니라 어머니 자신도 겪어본 고통이었기 때문이리라.

"이상하다 싶었어."

어머니의 목소리가 떨렸다.

“엄마. 솔직히 무슨 일이 있기는 한데 연우는 아니에요. 그러니까 오해하지 마요.”

“무슨 일?”

“말해줘도 안 믿을 거야. 일단 나중에 이야기해요. 나 가봐야 해. 알았죠?”

나는 급히 집을 나섰다. 성극 공연은 오후 예배가 끝난 후 약간의 휴식 시간을 갖고 바로 시작해서 저녁 시간이 되기 전에 끝날 예정이었다. 이미 오후 예배가 진행 중이라 나는 택시를 잡아타고 교회로 갔다. 눈 때문에 길이 좋지 않았지만 다행히 예배가 끝나기 10분 전쯤에 도착했다.

예배당 앞 로비가 시끄러웠다. 예배당 안에서 찬양과 함께 통성 기도를 하고 있어서 소리가 흘러나왔지만 그 때문은 아니었다. 로비의 소란은 한 남자 때문이었다. 한 중년 남자가 고래고래 소리를 질렀고 교회 관계자들은 남자를 말리느라 애를 먹고 있었다.

“무슨 일입니까?”

내가 다가가서 묻자 남자에게 멱살이 잡혀 있던 중고등

부 전도사가 나를 보고 외쳤다.

"작가님!"

"작가님?"

난동을 부리던 남자가 나를 돌아봤다.

"당신이야?"

험악하게 묻는 남자는 생전 처음 보는 사람이었다.

"누구십니까? 절 보러 오셨어요?"

내가 묻자 남자는 전도사의 멱살을 잡고 있던 손을 풀고 나에게 달려들었다. 옆에 있던 사람들이 달려들어 그와 나 사이를 떼어놓았다.

"뭐하는 짓이야! 당신이 누군데!"

내가 화나서 소리치자 남자가 분통을 터뜨리며 말했다.

"나? 루희 아빠다! 네가 루희 꼬드긴 놈이지!"

나는 무슨 말을 들은 건지 이해하지 못했다.

'이게 무슨 개소리야!'

15.

"네가 재능이 있니 뭐니 바람을 불어넣어서 얌전하던 애가 갑자기 연극을 한다고 난리잖아!"

루희 아빠가 소리쳤다.

"저는 칭찬을 몇 마디 했을 뿐입니다. 그리고 공연은 오늘뿐이에요. 오늘 성극을 한다고 갑자기 연극배우가 되는 게 아닙니다!"

내가 항변했지만 루희 아빠는 말을 들을 생각이 없어 보였다. 그는 이미 자기 생각에 사로잡혀서 누구의 말도 들리지 않는 상태였다.

“내가 니들 속셈을 모를 줄 알아? 예술 한답시고 어리고 철없는 애 꼬드겨서 갖고 놀려고? 너희 같은 놈팡이 새끼들이랑 어울리니까 스토커 같은 거나 달라붙지!”

“스토커는 도서관에서 처음 만났습니다. 저와는 무관합니다. 교회 친구들과는 더욱 무관하고요. 오히려 교회 친구들은 돌아가면서 루희를 보호해왔습니다.”

내가 한 마디도 지지 않자 루희 아빠의 얼굴이 벌겋게 달아올랐다.

“지들이 뭔데! 문제가 있으면 보호자한테 말을 해야지!”

“그러게요. 루희는 왜 보호자이신 부모님한테 말을 안 하고 친구들에게만 알렸을까요?”

내가 대꾸하자 루희 아빠가 눈을 치켜떴다.

“그게 무슨 뜻이야? 내가 보호자 노릇을 제대로 못한다는 말이야?”

나는 말없이 그를 보기만 했다. 아마도 지금 루희 아빠는 지나가는 사람이 자신을 힐끗 보기만 해도 시비를 건다고 느낄 것이다. 그러니 내 눈빛을 보고 자신을 경멸하고 있다고 느끼는 것도 무리가 아니다. 그렇게 생각한다고 딱히 억울할 것도 없었다. 사실이었기 때문이다.

루희 아빠는 참지 못하고 나에게 주먹을 날렸다. 나는 그대로 얼굴을 얻어맞고 쓰러졌다. 내가 바닥에 나뒹굴자 말리던 사람들이 비명을 질렀다.

그때 예배가 끝나고 예배당 문이 열렸다. 예배를 마친 수백 명의 교인들이 두 개의 문에서 쏟아져 나왔다. 교회 관계자들이 나를 일으켜 세워 밖으로 데리고 나갔다. 루희 아빠는 인파 속에서 두려운 눈으로 나를 노려보고 있었다.

* * *

간호사가 눈살을 찌푸렸다. 누가 봐도 술집에서 시비가 털려서 얻어맞고 온 것처럼 보였기 때문이다.

"채혈해서 검사하셔도 괜찮습니다. 술은 입에도 대지 않았습니다."

내가 말했다. 굳이 피까지 뽑지 않아도 내가 술을 마시지 않았다는 사실은 금방 확인이 되었다. 간호사는 한숨을 쉬더니 멍이 든 곳에 약을 발라주었다.

"근데 왜 고장 난 시계를 차고 계세요?"

간호사가 멍든 곳에 대고 있으라고 얼음 팩을 갖다주며 물었다.

"아, 이게 아버지 유품이라서요…… 그냥 팔찌처럼 여기고 차고 다닙니다."

내가 대충 얼버무렸다.

"그러셨구나. 저희가 야간에도 주기적으로 병실을 돌거든요. 근데 환자분 시계를 보고 시간을 놓친 줄 알고 놀란 거예요."

"아…… 네."

옆에 지나가던 간호사가 웃으면서 한마디를 덧붙였다.

"환자분이 너무 깊이 잠이 드셔서 무슨 일이 난 줄 알고 더 놀랐대요. 어디 딴 세상 가신 분 같았다고……."

"……."

내가 심각한 얼굴로 생각에 빠지자 간호사는 자신이 말실수했다고 판단했는지 사과를 건넸다.

"죄송해요. 표현이 좀 그랬죠? 나쁜 뜻으로 드린 말씀은 아니에요.”

“아닙니다. 괜찮습니다.”

내가 황급히 말했다. 정말로 괜찮았다. 나는 정말 다른 인생 속으로 가 있었으니까.

나는 병실로 돌아가며 손목시계를 보았다. 이곳에서는 고장 난 시계일 뿐이지만 ‘가지 않은 길’에서는 시간이 맞지 않을 뿐 멀쩡히 돌아가는 시계다.

‘그 인생 속의 시간과 이 시계의 시간을 일치시킨다면?’

엘리베이터에서 마동석이 했던 말이 떠올랐다.

‘지금 이 시간을 살려면 시계부터 다시 맞춰야겠어요.’

마동석은 내 질문에 대답을 해주었던 건지도 모른다.

“어라?”

마침 병실을 나오던 옆자리의 노인이 나를 보고 외쳤다. 아침에 울고 있던 녀석이 밖에 나갔다가 엉망이 되어서 돌아오니 호기심이 폭발하는 눈치였다.

“아내가 바람피웠어요.”

내가 한마디를 던지고 노인을 지나쳐 병실로 들어갔다. 나를 건들지 말라는 이야기였다. 나는 정말이지 누구와도 말을 섞고 싶지 않았다. 하지만 손님이 와 있었다.

"대체 어디서 이렇게 얻어맞고 오시는 거예요? 그것도 크리스마스에."

유진신이 물었다.

"……목사님."

"입원하셨다는 말 듣고 커피랑 간식거리 좀 가져왔습니다."

유진신이 텀블러를 들어 보였다. 성요한에게 입원했다는 소식을 듣고 찾아온 것이었다.

"신경 써주셔서 감사합니다. 마침 배도 고팠는데요."

나는 유진신이 가져온 빵과 커피를 먹으며 내 얼굴에 멍이 든 사연을 이야기해줬다.

"아무래도 크리스마스가 아니라 고난주일 같죠?"

내가 너스레를 떨자 유진신이 미소를 지었다.

"크리스마스는 우리에게나 기쁜 날이지 예수님께는 고난의 시작이지요. 신이 혼자서는 똥오줌도 못 가리는 아기의 모습으로 세상에 온 것이니까요. 요즘 유행하는 회귀물이랑은 많이 다르죠?"

내가 고개를 끄덕였다.

"그렇네요. 신이 인간이 되었다가 결국 십자가에 달려 죽는 게 끝이라니 정말 인기 없을 이야기네요."

유진신이 미소를 지으며 자리에서 일어났다.

"저는 가보겠습니다. 몸조리 잘 하세요."

유진신은 크리스마스에 찾아온 목사답게 나뿐 아니라 병실의 모든 사람에게 인사를 건네고 여유 있게 가져온 커피와 빵을 나누고 갔다. 오병이어의 기적이 일어난 것은 아니지만 크리스마스에 환자복을 입고 병원에 입원해 있는 사람들의 입가에 미소가 번졌다.

"근데 이야기의 끝은 그게 아니에요."

유진신이 엘리베이터 앞에서 헤어지기 전에 말했다.

"네?"

"십자가 이야기의 끝이요. 십자가의 끝은 죽음이 아니라 부활이지요."

유진신이 빙긋이 웃더니 한마디를 덧붙였다.

"건강한 모습으로 다시 뵙지요."

나는 한결 나아진 기분으로 병실에 돌아왔다. 침대 위에

둔 휴대폰 화면이 반짝였다. 루희에게 문자가 와 있었다. 내가 선하에게 보낸 문자 메시지만큼이나 긴 문자였다.

예배 후에 루희 아빠가 주인공인 루희를 데려가면서 공연은 취소되었다. 루희는 문자 시작부터 끝까지 죄송하다는 표현을 반복했다. 우선 함께 열심히 공연을 준비한 친구들과 대본을 쓴 나에게 죄송하다고 적었다. 잘잘못을 떠나 이런 상황에서 나올 법한 내용의 문자였다. 하지만 다음에 이어진 말들은 어디서도 본 적이 없는 것이었다.

루희는 아버지가 순간 화를 참지 못하고 나에게 큰 실수를 했다며 용서를 구했다. 물론 용서를 구할 만한 일이었다. 루희 아빠도 잔뜩 흥분해서 날 쳤지만 곧 자신이 한 행동이 문제가 될 거란 생각을 했을 것이다.

그런데 왜 본인이 사과하지 않고 고등학생인 딸을 시켜서 용서를 구하는 것인가. 잘못을 저질렀지만 사과는 하기 싫고, 사과는 하기 싫지만 처벌은 피하고 싶은, 그 뒤틀린 자존심과 얄팍한 계산이 빤히 보여 속이 뒤집혔다.

"여보세요."

나는 답문을 하는 대신 전화를 걸었다.

"네, 작가님."

루희가 많이 운 것 같은 목소리로 말했다. 루희는 교회 친구 집에 와 있다고 했다. 아버지가 난동을 부려 집으로 돌아갔지만 사정을 알게 된 어머니가 아버지에게 화를 내면서 루희를 친구 집으로 보낸 모양이었다.

"죄송해요……."

원래대로라면 내가 쓴 대본을 연기하고 있어야 할 루희는 무대 위에서 대사를 송두리째 까먹은 배우처럼 사과를 했다.

"루희야. 내가 어깨만 아프다고 말했는데 사실 병이 하나 있다."

"네? 뭔데요?"

루희가 놀라서 되물었다.

"아주 심각한 병인데……."

루희는 숨소리도 죽이고 내 말을 기다렸다.

"빈말을 못하는 병이 있어. 이것 때문에 고생 꽤나 했는데 지금까지도 고쳐지질 않네."

"그게 뭐예요?"

힘없는 목소리에서 헛웃음을 짓는 루희의 얼굴이 그려졌다.

"정말이야. 사실 때론 빈말할 필요가 있잖아. 근데 나는 잘 못해. 그러니까 지금 하는 말도 빈말이 아니야."

내가 잠시 뜸을 들였다가 계속 말했다.

"너는 아무 잘못도 없어."

"네……."

"네 잘못이 아니란 말이야."

"……네."

"너 마음 편하라고 해주는 말이 아니야. 사실이니까 이렇게 말하는 거야."

인생은 선택의 연속이고 결과지만 자신의 선택만으로 이뤄지지는 않는다. 주변 사람의 좋은 선택은 나에게 좋은 영향을 주지만 나쁜 선택은 주변에도 나쁜 영향을 끼친다. 오늘 벌어진 일은 루희 아빠의 선택에서 비롯된 결과였다. 루희는 보호자 자격이 없는 아버지를 선택한 적이 없었다.

"그러니까 내 말을 있는 그대로 받아들여. 나는 빈말을 못하는 병이 있는 사람이니까. 알겠어?"

"……."

루희는 아무 대답도 하지 않았지만 나는 분명 '네'라는 말을 들은 것 같았다.

"오디션에서 했던 말도 진짜야. 너 재능 있어. 듣고 있어?"

"……네!"

루희가 급히 대답했다.

"그렇다고 네가 꼭 연기를 해야 한다거나 그런 말이 아니야. 나는 네 인생을 책임질 수 없어. 네 부모님이라 해도 마찬가지야. 선택은 네가 하고 책임도 네가 져야 한다는 말이야."

나는 선하에게 해주고 싶었던 말을 루희에게 말했다.

"꿈을 꾼다는 건 즐겁고 흥분되는 일이야. 하지만 막상 앉아서 소설을 쓰기 시작하면 얼마 지나지 않아 그런 감정들은 사라지고 말아. 프로가 된다는 건 그렇게 낭만적인 게 아니야. 무슨 말인지 알겠어?"

"네!"

루희가 씩씩하게 대답했다. 하지만 알 리가 없었다.

이건 결혼서약 같은 것이다. 결혼식장에 선 신랑과 신부는 모두의 앞에서 영원을 약속한다. 인생의 좋은 날뿐 아니라 가장 어두운 날에도 함께하겠노라 말한다.

하지만 사실 그 시점에서 그 서약의 무게를 아는 사람은 거의 없다. 병마가 찾아오고, 사업이 부도나고, 그 자체로 아름답던 젊음이 사라지고, 어떠한 유혹이 찾아와도 끝까지 서로를 사랑하는 것이 얼마나 어려운 일인지 모른다. 아직 겪어본 적이 없으니까. 결국 모르면서 답하고, 모르기 때문에 답할 수 있다.

하지만 누군가는 이야기해줘야 한다. 그 대상이 소중한 꿈이건 평생을 함께하기로 한 배우자이건 사랑은 열병 같은 감정이 아니라 약속을 지켜나가는 것이라고. 그 약속의 무게를 알고 난 후에도 변함없이 그 길을 걷는 것이라고 말이다. 늦건 빠르건 결국 언젠가는 모두가 같은 질문 앞에 다시 서게 될 테니까.

하지만 이런 말을 해줄 자격이 나한테 있는지 모르겠다. 내가 침묵 속에 빠져들자 루희가 조그만 목소리로 주저하듯 말했다.

"……면 좋겠어요."

"응?"

내가 정신을 차리고 물었다.

"그러니까…… 가능성이 있는 이야기인지 모르겠지만…… 제가 언젠가 작가님 작품으로 연기를 할 수 있으면 좋겠어요."

루희가 수줍게 말했다.

"아, 그래…… 그러면 좋지. 근데 네가 배우가 된다고 해도 내가 쓴 글로 연기를 할 가능성은 없을 것 같다."

적당히 그러면 좋겠다고 말하면 될 텐데 빈말을 못하는 병이 도졌다. 하지만 나에게는 허망한 이야기일 뿐이었다. 나조차 믿기지 않는 말을 할 수가 없었다.

"아니에요! 될 수 있어요!"

루희가 외쳤다.

"아, 그러니까 내 말은 네가 배우가 못 된다는 말이 아니라……."

루희가 오해를 했나 싶어서 설명을 덧붙이려는데 루희가 말을 끊었다.

"저는 작가님 글이 좋아요! 그러니까 꼭 계속 써주셔야 해요! 저도 빈말이 아니에요!"

신기한 일이다. 이별을 예감하는 오랜 연인처럼 오랜 독자는 자신이 사랑하는 작가가 펜을 놓으려 한다는 사실을 알아채는 모양이다. 나는 그 사실이 몹시 슬펐다. 그래서 빈말을 했다.

"응. 알았어."

16.

광화문에 위치한 널찍한 카페. 밖에는 12월 초의 쌀쌀한 바람이 불었지만 카페 유리창 안쪽에는 냉기가 제거된 따뜻한 햇살이 넘실거렸다. 나는 햇빛을 조명 삼아 종이 신문을 보고 있었다.

“아직도 노인들은 종이 신문을 보네.”

주변의 젊은 손님들이 놀라워하며 수군거렸다. 나는 환갑을 넘긴 나이였지만 아직 귀가 먹지 않았고 종이 신문을 사서 본 것은 태어나서 겨우 두 번째였다.

내가 문학상을 수상했을 때만 해도 이미 종이 신문의 영향력은 많이 줄어들어 동네에서는 신문 가판대를 찾기도 어려웠다. 나는 신문사가 밀집한 광화문에 가서 내 사진과 인터뷰가 실린 신문을 샀다.

아마 이번에도 나는 신문을 사기 위해 광화문에 왔을 것이다. 내 앞에 놓인 신문에서 스물일곱 살이 된 선하의 사진이 보였다. 선하는 팔짱을 끼고 벽에 기대어 환하게 웃고 있었다.

'자세까지 똑같네.'

평소 사진 찍히는 것을 어색해해서 무슨 포즈를 취해야 할지 몰랐던 나는 가장 만만한 자세인 팔짱을 끼고 수상 사진을 찍었다. 내 딸 아니랄까 봐 선하도 마찬가지였던 모양이다.

선하는 나보다 훨씬 어린 나이에 1억 원의 상금이 걸린 문학공모에 당선되었다. 커다란 선하의 사진 옆에 인터뷰가 이어졌다.

처음에는 반대하던 아버지가 맥북과 아이패드를 사주며

'작가가 될 거라면 프로다운 작가가 되라'고 말해줘…… 아버지의 말씀처럼 예술가보다 프로라는 말에 어울리는 작가가 되겠다.

미스터리와 판타지를 결합한 작품을 쓴 것도 아버지의 영향이라는 말이 있던데요. 사실입니까?

네. 저는 어렸을 때부터 아버지가 밤마다 읽어주셨던 소설을 들으며 자랐습니다. 아버지가 특별히 좋아하셨던 C.S. 루이스의 『나니아 연대기』와 J.R.R. 톨킨의 『반지의 제왕』 같은 작품들이었죠. 10대가 되어서 작가가 되고 싶다고 하자 아버지는 G.K. 체스터튼의 브라운 신부 시리즈와 레이먼드 챈들러의 추리 소설을 권했어요. 그 작품들을 보면서 미스터리라는 장르를 사랑하게 되었지요. 모두 다 '근본' 같은 작품들인데요. 아버지 덕분에 시작부터 제대로 된 길을 걸은 셈이지요.

아버지와 몹시 친밀한 사이 같습니다.

아니요. 엄청 무뚝뚝하고 차가운 분이세요. 제 글에서 서늘

한 기운을 느끼신다면 그건 아버지 덕분일 겁니다. 하지만 아버지는 약속을 지키는 분이셨어요. 그리고 아주 가끔은 다른 사람이 된 것처럼 따뜻하고 다정하실 때도 있었어요. 정말로 원래의 아빠가 아니라 다른 세상에서 온 것 같다는 말이에요. 이상하게 들리겠지만요.(웃음)

앞으로 어떤 작품을 쓰고 싶으신가요?

추리나 판타지 장르는 오래전부터 도피문학이라고 불려왔지요. 좋게 해석하자면 소설을 읽는 동안에라도 잠시나마 고단한 현실을 잊게 해준다는 의미일 겁니다.

하지만 제가 특별히 좋아하는 작가들이 쓴 추리나 판타지 소설은 달라요. 그저 범인을 찾아내는 게임이 아니라 그 과정에서 인생이라는 미스터리를 풀어내고, 요정과 마법사가 나오는 환상의 세계를 그려내면서도 그 속에서 우리가 사는 현실을 보여주지요. 현실에서 도피하는 것이 아니라 현실을 다른 시각으로 보게 해줘요. 저도 그런 작품을 쓰고 싶어요. 일단 다음 작품은 탐정이 나오는 본격 미스터리를 구상하고 있습니다.

선하가 쓴 작품에 대한 기사가 계속 이어졌지만 나는 신문을 덮었다. 계속 보고 있다가는 감정을 추스를 수가 없을 것 같았기 때문이다. 선하의 수상 소식은 내가 상을 탔을 때보다 훨씬 더 기쁘고 감격스러웠다.

신문을 옆에 밀어놓는데 뒷면 하단에 커다란 광고가 눈에 들어왔다. 오래전에 마동석이 모델을 했던 자양강장제 광고였다. 물론 지금은 세월이 흘러서 모델이 젊은 사람으로 바뀌어 있었다. 내가 아는 녀석이었다.

"허허……."

내가 헛웃음을 짓는데 카페가 환해졌다. 선하가 카페로 들어왔다.

"아빠!"

열일곱의 선하를 만나고 하루도 지나지 않아 손을 흔들며 다가오는 스물일곱의 선하를 보니 신에게는 하루가 천 년 같고, 천 년이 하루 같다는 말이 무슨 뜻인지 알 것 같았다. 나는 모든 시간 속에 존재하는 신의 손에 붙들려 신의 하루를 살고 있는 기분이었다.

"봐요! 내가 잘할 거라고 했죠?"

선하는 내가 신문을 산 것을 보고 당당하게 말했다.

"축하한다. 하지만 너는 아직도 내가 한 말의 의미를 몰라."

내가 미소를 지으며 말하자 선하가 입술을 삐쭉거리며 대꾸했다.

"아빠는 진짜 빈말 못하는 거 병이야. 그냥 축하해주면 될 걸 뭘 또 그런 말을 해."

선하가 툴툴거리며 자리에 앉아 목도리를 벗었다. 선하의 목에는 아무것도 걸려 있지 않았다.

"목걸이는 안 하니?"

선하가 얼굴을 찡그렸다.

"그 십자가 목걸이요?"

"응."

"그거 별로라고 했잖아요. 옛날부터 옷이나 신발 같은 건 선물하지 말라고 그렇게 이야기를 해도…… 자기들 마음대로 사놓고 선물한 사람의 성의를 봐서 하라니…… 아빠도 엄마 닮아가요?"

빈말을 못하는 것도 유전인가 보다. 적당히 둘러대면 될 것을 의사 표현이 확실하기도 하다.

"그래. 무슨 말을 해도 네 마음대로 할 거를…… 내가 괜한 짓을 했다."

내가 짐짓 삐친 척을 하자 선하가 인심 쓴다는 듯 대꾸했다.

"다음에 볼 때는 하고 올게요. 그리고 아빠가 저번에 해 준 말은 들었어요."

"뭐를?"

이제 막 이곳에 온 나는 당연히 알지 못하는 내용이라 내가 조심스럽게 되물었다.

"남자 친구요. 헤어지는 게 좋겠다고 했잖아요. 정리했어요."

선하가 후련하다는 듯 말했다.

"아…… 그래."

내가 어정쩡한 태도로 말끝을 흐리자 선하는 내가 미안해한다고 생각했는지 웃으며 계속 말했다.

"괜찮아요. 아빠가 정확히 봤어요. 만나서는 안 될 사람이었어."

선하는 옷 하나도 자기 마음에 드는 것만 입는 아이다. 자기 마음에 든 남자를 아빠가 문제 삼았다고 해서 정리했다는 게 잘 믿기지 않았다.

"왜 그런 생각을 하게 됐지? 무슨 일이 있었어?"

"아빠가 그랬잖아요. 너는 지금 불안함을 매력이나 떨림으로 느끼고 있다고. 정말 사랑한다면 너에게 안정감과 믿음을 줄 거라고요. 처음에는 듣기 싫었는데 가면 갈수록 아빠 말이 맞는 것 같더라고요."

선하는 헤어진 남자 친구와의 기억을 회상하는 것 같았는데 안색이 좋지 못했다.

"그러니까 무슨 일이 있는 건 아니야? 아빠가 알아야 할 건 없어?"

말을 하다 마는 것 같아서 내가 재차 묻자 선하는 조금 고민하더니 입을 열었다.

"다른 거야 다 지난 일인데 헤어지자고 하니까 그러면 죽어버리겠다고 협박하는 거예요."

"뭐?"

내가 깜짝 놀라 외쳤다.

"나를 죽이겠다고 하는 게 아니라 자기가 죽겠다고요. 자기 목숨으로 협박을 한다고요."

선하가 손을 저으며 나를 안정시켰다.

"그래도 그렇지 그런 말을……."

"그죠? 헤어지고 나니까 진짜 밑바닥을 보는 것 같아요. 그래도 걱정은 하지 마세요. 사귈 때도 폭력을 쓴 적은 없었고 지금도 마찬가지예요. 계속 연락이 오는데 다 차단했고 지금은 우려할 만한 상황은 아니에요. 괜찮아요."

나는 알겠다는 듯 고개를 끄덕였지만 불안함이 가시지 않았다. 선하가 내 표정을 읽고 화제를 돌렸다.

"아빠는 누구 안 만나요?"

"응? 무슨 말이야? 이 나이에 재혼이라도 하라고?"

내가 황당한 얼굴로 말했다.

"뭐 어때요? 젊을 때나 혼자서도 잘 살지, 나이가 들수록 오히려 더 배우자가 필요하다는 연구 결과도 있어요."

"너는 엄마 놔두고 내가 재혼하면 좋겠어?"

선하의 입술이 살짝 일그러졌다.

"아빠. 나 엄마가 바람피운 거 다 알아요. 상대가 누군지도 알아.”

나는 말문이 턱 막혔다.

“갑자기 교회 옮기고 덮어버리면 모를 줄 알았어요? 소문이 안 날 것 같아요? 내 친구들은 다 거기 있는데?”

“알고 있었구나…….”

내가 씁쓸하게 웃으며 말했다.

“내가 그래서 십자가 목걸이 보고 기가 찼다니까. 아빠는 화도 안 나요? 어떻게 그걸 선물할 생각을 했어요? 나는 보자마자 너무 싫었어요.”

“예수님이 바람피우라고 한 것도 아니잖아. 오히려 네 이웃의 아내를 건드리지 말라고 하셨지.”

사실 내가 고른 선물도 아니었지만 나는 어깨를 으쓱하며 말했다.

“그렇게 교회 가기 싫어하더니 어쩌다가 이렇게 독실한 신자가 되셨지. 독신이셨던 예수님 이야기는 그만 하고, 그래서 있어요? 없어요?”

선하가 집요하게 다시 물었다.

여기서 또 다른 내가 누굴 만났는지 알 길이 없었지만

선하의 질문에 내 머릿속에서 한 사람의 얼굴이 떠올랐다.

"있구나! 어떤 분이세요?"

선하가 호들갑을 떨며 물었다.

"만났던 사람이 있긴 한데…… 지금은 끝났다. 내가 헤어지자고 했어."

"왜요? 아빠를 불안하게 했어요?"

내가 고개를 저었다. 연우가 나를 불안하게 한 것이 아니다. 내 자격지심과 열등감과 비교의식이 스스로를 지옥에 빠뜨린 것이다.

"아니야. 내 잘못이야."

내가 담담하게 말했다.

"후회하세요? 다시 만나고 싶어 하시는 거 같아요."

"그런 일은 없을 거야. 다시는 볼 수 없겠지."

나는 정말 그렇게 생각했다.

* * *

눈을 감고 있는데 소란스러운 소리가 들렸다.

"저 친구 건드리면 안 되는데……."

옆자리 노인의 목소리였다. 하지만 누군가 내 침대의 커튼을 걷어젖혔다. 나는 깜짝 놀라 눈을 뜨고 앞을 봤다. 다시는 만날 수 없을 거라고 생각했던 사람이 서 있었다.

"어깨 다쳤다며?"

연우가 말했다.

"어…… 어쩐 일이야?"

나는 당황해서 어쩔 줄을 몰랐다. 숨겨놓은 딸을 만나고 있다가 들킨 기분이었다.

"걸을 수 있지?"

연우가 다시 물었다.

"어……."

내가 고개를 끄덕이자 연우가 병실을 나가며 말했다.

"나와."

나는 홀린 듯이 연우를 따라가 엘리베이터를 타고 로비로 내려갔다.

크리스마스 저녁의 병원 로비는 적막하게 느껴질 정도로 썰렁했다. 연우와 나는 수영장에서 숨을 참는 대결이라도 하는 양 둘 다 침묵하고 있었다. 결국 내가 먼저 입을 열었다.

"쇼는 잘 끝났지? 수고했어."

연우가 빙긋이 웃었다.

"응. 오빠가 하는 쇼는 어떻게 돼가고 있어?"

"어? 무슨 말이야? 내가 꾀병이라고? 나 진짜 아파!"

내가 억울하다는 듯 소리를 높였다.

"어머님한테 연락이 왔어."

연우의 얼굴이 싸늘하게 변했다.

"어? 어!"

나는 뭐라도 답하려 했지만 갑자기 외국어라도 하는 것처럼 머릿속에서 말들이 뒤엉켰다.

"훈이 씨한테 연락처를 받으셨나 봐. 전화를 몇 통이나 하셨는데 쇼 때문에 받지를 못하니까 문자를 남기셨더라. 어떤 내용일 것 같아?"

"오해야! 나는 아무 말도 안 했어! 엄마가 그냥 지레짐작으로 그런 거야! 나는 아니라고 말했는데 우리 엄마가 그런 쪽으로 민감해서 그래. 너도 사정 알잖아. 정말 미안해. 내가 대신 사과할게.”

연우가 고개를 끄덕였다.

“알아. 나도 이유가 있을 거라고 생각했어. 오빠가 없는 말 지어내는 사람은 아니니까. 병원에 입원했다는 말 들으니까 병문안을 가서 오빠 입장도 들어봐야겠다는 생각이 들더라. 근데 여기 와서 내가 무슨 이야기를 들었게?”

“무슨 이야기를 들어? 나는 자고 있었는데?”

내가 영문을 모르겠다는 얼굴로 물었다.

“옆자리에 계신 어르신이 말씀해주시던데. 오빠 아내가 바람났다고.”

이 망할 영감이.

17.

“연우야. 오해야! 자꾸 그 영감님이 귀찮게 하고 오지랖을 부려서 건드리지 말라고 말해놓은 거야!”

나는 사실을 말했지만 연우는 영 납득하지 못하는 눈치였다.

“그런 거짓말을 한다고? 오빠가?”

연우의 눈빛이 광학현미경의 불빛처럼 내 세포 하나하나를 훑으며 관찰하는 것 같았다.

“아니야. 오빠랑은 어울리지 않는 행동이야. 오빠라면

굳이 존재하지도 않는 아내를 만들어낼 필요가 없어. 진짜 아내가 있거나 아니면 아내라고 부를 만한 사람이 있는 거지!"

사실이다. 내가 아내가 바람났다고 말한 것은 정말 아내가 바람이 났기 때문이었다. 그게 문제였다.

연우는 미스터리를 풀어낸 명탐정이 되어 범인을 지목했다.

"오빠 바람피웠지? 그래서 갑자기 찾아와서 말도 안 되는 소리를 하면서 나랑 헤어지려고 했던 거지?"

"너야말로 말이 되는 소리를 해라!"

내가 펄펄 뛰며 말했다.

"그럼 날 똑바로 보고 말해봐!"

연우가 숨결이 닿을 정도로 바짝 다가와 내 눈을 보며 물었다.

"아내가 있어?"

없다. 없다. 없다. 있긴 하지만 여기서는 없다. 아니 거기서도 이혼했잖아! 지금은 없어! 이건 거짓말이 아니라고!

나는 속으로 수도 없이 외치면서 입을 열었다.

"어, 없서……."

나는 그 짧은 말을 더듬거렸다. 여기서 이미 망했다고 생각했지만 바닥은 훨씬 아래에 있었다.

"아닌데? 숨겨진 딸도 있을 것 같은 얼굴인데?"

"……."

내 머릿속에 방금 보고 온 선하의 얼굴이 떠올랐다. 카페에 등장한 것만으로 온 세상이 환해 보였던 딸의 얼굴이었다.

그리고 나는 빈말을 못하는 병이 있다.

"어……."

나는 긍정인지 부정인지 모를 외마디 말을 뱉어놓고 멍청하게 서 있었다. 내 눈을 지켜보던 연우의 눈에 눈물이 차올랐다. 연우가 돌아섰다.

"연우야! 아니야! 이거 아니야!"

내가 소리쳤지만 연우는 거침없이 앞으로 나아갔다. 나는 멀어지는 연우를 보며 내가 그동안 읽은 수많은 책들 속에서 연우를 멈추게 할 말을 찾았지만 그런 것은 없었다.

"진짜 아니라고!"

나는 가슴이 답답해 허공에 주먹을 휘두르다가 손목시계를 보았다. 연우를 멈추게 할 유일한 방법을 찾았다.

"연우야! 나 좀 도와줘! 나 갑자기 이상해!"

문을 열고 나가려던 연우가 나를 돌아봤다. 연우 앞에서 나는 웃음조차 나오지 않는 발 연기를 했다. 나는 과장되고 우스꽝스러운 동작으로 갑자기 몸에 문제가 생긴 것처럼 비틀거렸다. 연우는 어이가 없어서 화도 못 냈다. 하지만 그다음에 연우가 본 모습은 연기가 아니었다. 나는 둔탁한 소리를 내며 바닥에 쓰러졌다. 의심할 여지가 없이 나는 연우 앞에서 의식을 잃었다.

"오빠!"

멀어지는 의식 속에서 연우의 외침이 다가왔다.

* * *

바닥에 얼굴을 처박고 의식을 잃은 나는 벽에 몸을 기대어 있다가 깨어났다.

"괜찮으세요?"

처음 보는 사람이 옆에서 나를 부축했다. 지나가는 사람인 듯했다. 나는 감사를 표하고 주변을 둘러봤다. 내가 깨어난 장소는 납골당이었다.

나는 연우 앞에서 7시 정각에 시간을 맞추었다. 그러니 지금의 나는 일흔이 넘은 나이였다. 내 나이를 감안하면 어머니는 돌아가셨을 가능성이 높았다.

나는 일단 사무실 같은 곳을 찾으려 돌아다니다 아는 얼굴을 만났다. 아내가 유골함이 모여 있는 벽면 앞에 검은색 원피스를 입고 서 있었다. 갑자기 머리칼이 쭈뼛 섰다. 발이 움직이지 않고 입도 떨어지지 않았다. 아내가 나를 발견하고 말을 걸지 않았다면 나는 언제까지나 그 자리에 서 있었을 것이다.

"왔어요?"

나는 아무 대답도 하지 못했지만 간신히 고개를 끄덕이고 그쪽으로 발걸음을 옮겼다. 아내의 앞에 선 나는 유골함 쪽으로 고개를 돌리지 못했다.

"아빠 왔다. 선하야."

아내가 나 대신 말했다.

유골함에는 '성도 명선하'라고 적혀 있었다. 유골함 곁에는 선하의 유작 소설과 함께 내가 선물한 십자가 목걸이가 보였다. 나는 유골함을 보자마자 휘청거리며 벽에 기댔다. 이번에는 아내가 나를 부축했다.

"안 되겠어요. 밖으로 나가요."

아내는 나를 데리고 납골당 내부에서 영업 중인 카페로 갔다.

"잠깐만 기다려요."

아내는 급한 전화가 왔는지 자리를 비웠다. 홀로 남은 나는 심호흡을 하며 정신을 차리려 애썼지만 떨리는 가슴이 도무지 진정되질 않았다.

선하는 스물일곱 살 크리스마스에 죽었다. 광화문 카페에서 나와 만나고 3주도 지나지 않은 때였다.

'이럴 때가 아니다.'

나는 휴대폰을 꺼내 검색을 했다. 선하는 그 겨울에 문학상을 수상한 작가였다. 10년 전 사건이지만 단신이라도 기사가 있을 것 같았다.

"이게 무슨……."

내 예상은 반만 맞았다. 생각대로 선하의 죽음을 다룬 기사는 있었다. 하지만 단신 정도가 아니었다. 취재 기사가 쏟아져 나왔고 뉴스와 방송에서도 선하의 죽음을 다룬 기록이 남아 있었다.

선하는 살해당했다. 범인은 헤어진 남자 친구로 살해 현장에서 놈의 DNA가 검출되었고 선하의 목걸이가 놈의 집에서 발견됐다. 놈은 법정에 섰지만 정신과 진료를 받은 기록과 함께 약물중독 상태라는 인정을 받아 극형을 면했다.

'헤어지자니까 죽어버리겠다고 협박을 하는 거예요.'

선하가 했던 말이 떠올랐다. 나는 울음을 삼키며 테이블에 고개를 처박았다. 통제가 안 될 정도로 호흡이 가빠졌다. 주변 사람들이 나를 보고 수군거렸다. 아내가 급히 돌아와 나를 감싸며 진정시키려 했지만 소용이 없었다.

"여기 119 좀 불러주세요!"

아내가 외쳤다.

그때, 고개를 파묻고 있는 손목에서 시계 소리가 들렸다. 째깍째깍. 초침이 1초마다 돌아가는 소리에 귀를 기울이자 심장박동이 서서히 정상으로 돌아왔다.

"이제 괜찮아."

내가 고개를 들고 말했다.

"정말 괜찮아?"

아내가 걱정스러운 얼굴로 물었다.

"어!"

내가 힘주어 말했다.

"그래…… 다행이네."

아내는 방금 전까지 슬픔에 짓눌려 어쩔 줄 모르던 내가 다른 사람처럼 말하자 놀란 기색이었다.

내가 안정을 찾자 카페의 손님들은 다시 자신들의 이야기 속으로 빠져들어갔다. 그들 사이에서 아내와 나는 처음 만난 사람처럼 앉아 있었다.

이곳에서는 수십 년의 세월이 흘렀지만 나에게는 아내가 바람을 피우는 현장을 목격한 후 처음 만나는 자리였다. 감정이 정리되기에는 턱없이 짧은 시간이었다. 하지만 해일처럼 밀어닥친 선하의 죽음 앞에서 너저분하게 널려 있던 감정의 찌꺼기들은 흔적도 없이 쓸려가버렸다. 내 머릿속은 오로지 선하로 가득 찼다.

"너무 자책하지 마. 당신은 선하에게 좋은 아빠였어. 선하 글을 보고 알았어. 선하한테 당신의 존재가 굉장히 컸다는 걸."

아내가 먼저 침묵을 깨더니 시선을 창밖으로 돌렸다.

"나쁜 건 나야. 내가 다 망쳤어."

아내는 입술을 깨물고 창밖의 풍경을 보았다. 지난밤에 눈이 내렸는지 세상은 온통 하얗게 변해 있었다.

"하필 왜 크리스마스일까. 왜 세상 모두가 들뜨고 즐거워하는 날에 가야 했던 걸까. 나는 그게 너무 싫어."

아내가 눈에 반사된 햇빛 때문에 얼굴을 찡그렸다.

"크리스마스는 원래 기쁜 날이 아니래."

"응?"

내 말에 아내가 시선을 옮겨 나를 보았다.

"하나님이 사랑하는 아들을 세상을 위해 땅에 보낸 날이잖아."

아내가 고개를 끄덕였다.

"그렇네. 아들이 십자가에 달려 죽을 운명이란 사실을 알면서도 보낸 것이니 슬픈 날이네……."

"운명이 아니야. 선택한 거지. 십자가를 지기로 결정한 거야."

아내가 나를 물끄러미 보다가 입을 열었다.

"당신 갑자기 다른 사람이 되어버렸네. 신기해."

"신기할 것 없어. 나도 선택을 했을 뿐이니까."

내가 나직하게 말했다.

"……무슨 선택을 말하는 거야?"

"……."

내가 대답을 않자 아내가 심상찮은 분위기를 읽고 불안한 얼굴로 물었다.

"당신 정말 괜찮아?"

* * *

"오빠! 괜찮아?"

연우가 눈을 뜬 나를 보고 외쳤다.

연우는 내가 의식을 잃은 것을 확인하고 곧장 로비 옆의 응급실로 달려가 도움을 구했다. 나는 쓰러지자마자 응급실로 옮겨졌지만, 의식이 없었을 뿐 호흡과 맥박은 정상이었다.

크리스마스의 응급실은 북적이는 환자들로 정신이 없었고 모든 지표가 안정된 나는 관심을 받지 못했다. 의사들은 스트레스와 피로로 인해 졸도했을 거라고 판단하고 나를 쉬게 두었다. 하지만 연우는 내 옆을 지키며 다른 생각을 하고 있었다.

"오빠. 어디 안 좋은 거야? 무슨 병이 있어? 그래서 나 떼어놓으려고 거짓말한 거야?"

연우가 울먹거리며 말했다.

"연우야…… 나는……."

뭐라고 설명하기가 어려워 나는 말을 잇지 못했다.

"일단 의사 불러올게!"

연우가 커튼을 치우고 나가려 하자 내가 손을 뻗어 연우를 붙잡았다.

"잠깐만! 가지 마!"

"어? 왜?"

연우가 내 손을 잡으며 말했다. 연우와 맞잡은 내 왼쪽 손목에 시계가 보였다.

누구에게나 인생은 한 번뿐이다. 하지만 나는 지금 두 개의 인생을 살고 있다. 응급 환자가 생기면 모든 신호가 무시되고 꽉 막힌 도로에 기적처럼 길이 열린다. 신이 정한 시간의 법칙이 무시되고 나에게 크리스마스의 기적이 주어진 데에는 반드시 이유가 있을 것이다.

그 이유를 완전히 알지는 못하지만, 이 기적의 이야기를 선하의 죽음으로 끝낼 수는 없었다. 나에게는 이 이야기의 결말을 다시 써내야 할 의무가 있었다. 바로 그것이 작가의 인생을 사는 내가 마지막으로 해야 할 일로 다가왔다.

나에게 남은 기회는 세 번. 하지만 횟수는 의미가 없다. 한 번에 머무를 수 있는 시간은 길어봐야 한 시간, 가고 싶은 시간과 장소를 고를 수도 없다. 그렇다면 방법은 하나뿐이다.

이곳의 시간을 버리고, 그곳의 시간을 선택해야 한다. 내가 가지 않았던 인생의 길로 가서 그 길을 계속 걷는 것이다. 선하가 살해당하기 전, 광화문의 카페에서 선하를 만났던 시점으로 돌아가 범행을 막아야만 한다.

하지만 그러면 지금 이곳의 나는 어찌 되는 것일까. 영원히 의식을 잃어버리는 것일까. 아니면 내가 그런 것처럼 또 다른 내가 이곳에 와서 작가의 인생을 살게 될까. 하지만 그렇다 해도 그를 나라고 할 수는 없다. 나라는 존재는 이곳에서 사라지는 것이다.

다시는 널 볼 수 없다.

죽음과 같은 순간이 다가오면 모든 것이 선명해진다. 인생이 걸려 있다고 믿었던 고민들은 사실 얼마나 하찮은 것인가. 진짜로 가치 있는 것들은 사라져가는 인생 속에서 눈부시게 반짝거린다. 눈에 눈물이 차올라 연우의 얼굴이 흐려졌다.

“왜 울어? 울지 마. 괜찮아. 뭔지 모르지만 괜찮아질 거야.”

연우가 내 눈물을 닦으며 말했다.

“여기서 살고 싶어…… 아직 쓰고 싶은 글이 있어…… 비참하고 괴로워도 여기서 계속 글을 쓰면서 너하고 살고 싶어……!”

내가 울면서 말했다. 연우가 내 뺨을 감싸고 이마를 맞댔다.

"살아! 오빠. 괜찮아. 괜찮을 거야. 계속 글 쓰면서 나하고 살아. 알았지?"

내가 고개를 끄덕이자 안정이 되었다고 생각했는지 연우가 커튼을 열고 메인 데스크의 의사에게 다가갔다. 나는 침대에 누워 의사와 이야기를 나누고 있는 연우의 얼굴을 지켜보았다. 연우가 내 쪽을 돌아봤다. 내가 눈물 어린 미소를 지으며 손을 들어 보이자 연우도 손을 흔들며 웃었다.

"안녕……."

흐려져가는 의식 속에서 나는 연우에게 작별 인사를 건넸다.

다른 아빠 1

내게는 비밀이 있다. 나는 아빠가 두 명이다. 내가 입양이 되었다거나 어머니가 재혼했다는 소리가 아니다. 나에게는 똑같이 생긴 아빠가 두 명 있다. 정확히 말하면 하나의 몸에 두 명의 아빠가 공존한다. 나는 원래의 아빠 말고 또 한 명의 아빠를 '다른 아빠'라고 부른다. 다른 아빠는 원래의 아빠와는 많이 다르다.

유치원에 다닐 때 가족을 그리는 시간이 있었다. 나는 하얀 도화지를 앞에 두고 울었다. 그림을 그리기가 싫었던 것이 아니다. 그저 아빠의 얼굴이 떠오르지 않았기 때문이었다. 아무리 생각해봐도 아빠의 얼굴은 물에 젖어 번져버린 그림처럼 희뿌옇게 보였다. 그대로 그렸다면 소설가가 아니라 꼬마 화가로 명성을 떨쳤을지 모르겠다. 하지만 나는 평범한 아이였기에 다들 그리는 가족의 그림을 나만 그릴 수 없어서 슬펐을 뿐이다.

집에 돌아와서 아빠의 얼굴을 유심히 보려고 했지만 놀랍게도 내가 갖고 있는 이미지와 큰 차이가 없었다. 분명히 눈과 코와 입이 있는 사람이었지만 모든 것이 흐리기만 했다. 내가 아빠의 얼굴을 처음으로 제대로 본 것은 일곱 살이 되고 나서였다.

어느 일요일 아침. 방을 나온 아빠의 얼굴이 선명하게 보였다. 나는 너무 놀라 '아빠'라고 말했다. 아빠가 나에게 다가올수록 아빠의 눈과 코와 입이 하나씩 눈에 들어왔다. 아빠의 얼굴은 그 자체로 하나의 언어가 되어 나에게 무언가를 말하고 있었다.

작가라면 상투적인 표현을 피해야 한다. 예를 들어, '깨물어주고 싶을 정도로 사랑스럽다' 같은 표현. 하지만 그 표현만큼 하나의 언어가 된 아빠의 얼굴을 잘 번역해주는 말은 없었다. 엄마 판다가 코를 깨물려고 하자 두 팔로 코를 숨기는 아기 판다처럼 나는 아빠가 나를 깨물어버리기 전에 엄마의 뒤로 숨었다. 내가 처음으로 다른 아빠를 만난 순간이었다. 하지만 그때만 해도 나는 다른 아빠가 아빠라고 생각하지 않았다.

교회에서 나는 아빠의 모습을 한 누군가를 데리고 사람이 없는 곳으로 갔다. 그리고 정체를 물었다. 그때는 다른 아빠가 아빠의 가면을 쓴 외계인이라고 생각했다. 다른 아빠는 얼굴을 잡아당기며 자신이 아빠임을 증명하려 했지만 나는 단호하게 말했다.

"얼굴은 같아도 달라. 아빠 아니야!"

다른 아빠는 자신이 어제까지의 아빠와는 다른 오늘의 아빠라고 말했다. 그리고 얼마 지나지 않아 다른 아빠는 꿈처럼 사라져버렸지만 정말로 모든 게 달라지기 시작했다.

원래의 아빠는 다른 아빠가 남기고 간 영상을 몇 번이고 돌려보았다. 분명 자신의 얼굴이고 목소리였다. 원래의 아빠는 이해할 수 없다는 듯 고개를 저었지만 약속대로 나에게 책을 읽어주었다. 엄마는 아빠가 갑자기 쓰러지더니 이상해졌다며 신기해했다. 하지만 더 신기한 일이 있었다. 책을 읽어주는 아빠의 눈, 코, 입이 점점 뚜렷해진 것이었다.

놀라운 변화였지만 엄마와 원래의 아빠 사이는 좀처럼 변하지 않았다. 엄마는 아빠에게도, 아빠가 벌어다주는 돈에도 관심을 가지지 않았다. 대신 자신의 일에 집중해 자주 집을 비웠다. 엄마가 마동석 사인을 받아오겠다며 부산에 갔을 때 다른 아빠가 또 나타났다. 그때는 통화만 했지만 나는 그가 다른 아빠라는 사실을 단번에 알아챘다. 다른 아빠의 목소리는 긴박하게 느껴졌지만 내 이름을 부를 때만큼은 애정이 물씬 묻어 있었다.

처음 다른 아빠가 나타나고 나서 원래의 아빠도 변하는 모습을 보았기에 나는 이번에도 놀라운 변화가 생길 줄 알았다. 좋은 쪽은 아니었지만 커다란 변화가 생기기는 했다.

엄마와 원래의 아빠가 이혼을 했다. 나는 교회를 옮기며 친구들과 헤어져야 했다. 그리고 10대가 되고 난 후에는 교회를 다니지 않게 됐다. 원래의 아빠와 엄마는 원만하게 합의이혼을 했지만 영원한 비밀은 없었다.

엄마와 바람을 피웠던 남자는 교회에서 만날 때마다 환하게 웃으며 나에게 인사를 했다. 그 위선이 견딜 수 없이 역겨웠다. 나는 그 후로 십자가만 봐도 구역질이 났다. 그 시기에 내가 엇나가지 않은 것은 기적이었다. 그리고 그 기적의 뿌리는 아빠가 읽어주었던 책들이었다.

나는 작가가 되겠다고 마음먹었다. 엄마의 반응은 예상한 대로였다. 아빠의 반응도 뻔하다고 생각했다. 하지만 약속을 잡고 아빠를 만나러 간 자리에는 다른 아빠가 앉아 있었다. 다른 아빠는 내가 얼마나 기뻤는지 모를 것이다.

하지만 의외로 다른 아빠는 원래의 아빠가 할 법한 말을 했다. 내가 착각한 것인지 몇 번이나 확인해봤지만 분명히 다른 아빠가 맞았다. 다른 아빠의 손목에 있던 시계가 증거였다.

다른 아빠는 낡은 손목시계를 차고 다녔다. 원래의 아빠에게 슬쩍 물어본 적이 있는데 할아버지의 유품이라면서 놀라워했다. 고칠 수가 없는 고장 난 시계라 서랍 속에 보관하고 있었기 때문이다. 원래의 아빠는 자신이 그 시계를 차고 있었다는 내 말에 고개를 갸우뚱거렸다.

원래의 아빠는 고장 난 시계라고 했지만 다른 아빠의 손목시계는 분명히 작동했다. 다만 시간이 맞지 않았다. 나는 언제고 다시 다른 아빠를 만나면 그 시계에 대해 물어봐야겠다고 다짐했지만, 그 후로 한참 동안 다른 아빠는 나타나지 않았다.

오늘은 원래의 아빠와 할 이야기가 있어 광화문 카페에서 만나기로 약속을 했다. 하지만 아빠가 전화를 걸어서 시간과 장소를 바꾸었다. 새로운 약속 장소는 아빠가 어렸을 때 살았던 동네의 작은 카페였다. 카페 이름이 독특했다.

'천국에서 온 커피'

통유리 문을 열고 들어서자 아빠가 보였다. 아빠는 손목에 시계를 차고 있었다.

"아빠!"

나는 오랜 그리움을 담아 다른 아빠를 불렀다.

* * *

"축하한다. 선하야."

카페 주인이 대뜸 축하 인사를 건넸다.

"네…… 감사합니다."

처음 보는 사람 같은데 갑자기 친근하게 말을 거니 당황했다. 아빠 친구분인가 생각하고 돌아보자 아빠가 웃으며 말했다.

"모르겠어? 교회 유치부 전도사님이셨잖아. 유진신 전도사님."

"아! 죄송해요!"

내가 고개를 숙이며 말했다.

"아니야. 어릴 때 잠깐 보고 20년 만이니 모를 수도 있지……."

유진신 목사가 웃으며 손을 흔들었다.

"이제 목회는 안 하시는 거예요?"

"여기가 교회야. 평일에는 카페지만, 주일에는 교회가 되거든."

유진신 목사가 명함을 건넸다. 앞면에 '천국에서 온 커피'라는 가게 이름이 보였지만 뒷면으로 돌리자 '그리스도의 신비 교회 담임목사 유진신'이라고 적혀 있었다.

"그렇구나. 근데 아빠랑은 어떻게? 지금까지 계속 알고 지내오신 거예요?"

내가 두 사람을 번갈아 보며 물었다.

"나도 아버님이 찾아오셔서 놀랐어. 선하까지 다시 만날 줄은 몰랐네."

아빠가 이어서 웃으며 말했다.

"이 동네에서 카페를 하신다는 소문을 들어서 찾아와봤지. 커피 맛집으로 유명하더라고요."

아빠가 칭찬하자 유진신 목사는 쑥스럽게 웃었다. 곧 테이블 위에 '천국에서 온 커피' 두 잔이 올라왔다.

"차기작은 준비하고 있어?"

아빠가 물었다.

"음. 일단 탐정이 나오는 본격 미스터리를 해볼까 해. 브라운 신부 시리즈 같은? 목사가 탐정이면 어떨까 싶기도 하고……."

나는 커피를 내리고 있는 유진신 목사를 힐끗 보았다. 그의 이미지가 구상하고 있는 소설과 잘 맞을 것 같았다.

"그럼 유진신 목사님이 도움이 되겠네. 심지어 법의학자

출신이시잖아."

내 마음을 읽은 것 같은 아빠의 말에 나는 깜짝 놀랐다.

"법의학자 출신이시라고? 정말이세요?"

"응. 은퇴한 지 오래지만……."

유진신 목사가 웃으며 말했다.

"와, 그렇지 않아도 법의학을 공부해야겠다 싶었는데……."

"잘됐네. 목사님, 일하시면서 알게 된 형사님도 있지 않으세요? 소개해줄 만한 분이 없을까요?"

아빠가 유진신 목사에게 물었다. 유진신이 고개를 끄덕였다.

"저희 가게 단골인 형사님이 계시긴 합니다."

"좋네요. 한번 시간을 내서 자리를 마련해주시면 큰 도움이……."

"아빠! 너무 그러면 곤란하실 것 같아."

내가 제동을 걸었다. 아무리 사랑하는 딸의 일이라지만 대책 없이 밀어붙이는 다른 아빠의 모습이 낯설게 보였다.

"그런가…… 죄송합니다."

아빠가 어색하게 웃으며 시선을 손목으로 떨어뜨렸다. 6시 45분. 시계는 오늘도 엉뚱한 시간을 가리키고 있었다. 아빠는 시간과 싸우고 있는 사람처럼 시계를 노려봤다.

"아닙니다. 도움이 될지는 모르겠지만 재밌겠는걸요."

유진신 목사의 말에 아빠가 반색하며 고개를 들었다.

"도움이 되지요. 말이 나온 김에 날을 잡는 게 어떻습니까? 24일은 어떤가요?"

"아빠!"

나는 아빠를 말렸지만 가능하면 나도 도움을 받고 싶었다. 현직 형사와 전직 법의학자인 목사와 대화를 나눌 기회는 흔치 않았으니까.

"그래도 크리스마스이브는 좀 그렇지…… 왜 하필 그때야?"

내가 눈치를 보며 말했다.

"그날은 크리스마스 준비 때문에 가게에 늦게까지 있을 겁니다. 여기로 와주신다면 저는 상관없습니다. 좀 거들어 주셔도 좋고요."

유진신 목사가 말했다.

"당연히 해야죠. 제가 와인도 준비해 오겠습니다. 페르뤼스 어떠신가요?"

아빠의 말에 유진신 목사의 눈이 커졌다.

"굉장히 비싼 와인이라고 알고 있습니다만……."

"괜찮습니다. 저도 대접을 받은 적이 있거든요. 저에게 그 와인을 주신 분도 목사님께 드린다면 좋아하실 겁니다."

아빠는 일사천리로 크리스마스이브의 저녁 모임을 확정 짓고 한시름 놓았다는 얼굴로 커피를 마셨다. 하지만 여전히 마음은 바쁜 듯 시선은 시계를 향해 있었다.

6시 57분.

나는 지금이야말로 오래 품고 있었던 질문을 꺼낼 때라는 것을 알았다.

"아빠. 근데 그 시계는 왜 항상 시간이 안 맞아? 고장 난 건 아니지? 왜 그렇게 차고 다니는 거야?"

질문을 쏟아내며 나는 심장이 두근거렸다. 대체 어떤 대답이 돌아올지 궁금했다. 하지만 잠깐의 침묵 끝에 튀어나온 아빠의 반응은 전혀 예측할 수 없는 것이었다.

"지금 몇 시지?"

"응? 이제 3시 되는데."

아빠는 고개를 끄덕이더니 손목시계의 크라운을 뺐다. 시계가 6시 59분에서 멈췄다. 아빠는 폭탄을 해체하는 양 신중하게 시간을 3시 정각에 맞추었다. 그리고 크라운을 다시 집어넣었다. 고작 손가락 하나만큼의 힘이 필요할 뿐인데 천년의 무게라도 걸려 있는 듯 힘겨워 보였다. 아빠는 엄청난 일을 한 사람처럼 한숨을 내쉬더니 방금 전 이 세상에 태어난 것 같은 얼굴로 주변을 서서히 둘러보았다.

"와!"

다른 손님들이 밖을 가리키며 탄성을 질렀다. 눈이 펑펑 내리고 있었다. 아빠는 하얀 눈을 보며 입을 벌렸다. 생전 처음으로 눈을 보는 사람 같았다. 그 순간 아빠의 얼굴은 또다시 무언의 언어가 되어 나에게 무언가를 말하고 있었다. 하지만 나는 알아들을 수가 없었다. 다만 분명한 사실이 하나 있었다. 아빠가 비싼 와인을 사주며 무리한 부탁을 하는 것보다 훨씬 더 어마어마한 일을 나를 위해서 했다는 것이었다. 그것만은 확실했다.

다른 아빠 2

크리스마스이브. 눈이 올 거란 기대가 있었지만 기온이 생각보다 높아 겨울비가 추적추적 내렸다. 그래도 가족과 연인과 함께하려는 사람들의 발걸음은 들뜨고 분주했다.

나도 저녁에 약속이 있다. '천국에서 온 커피'라는 카페에서 저녁 7시에 다른 아빠, 그리고 현직 형사와 전직 법의학자와 식사하기로 했다. 하지만 저녁 약속에 가기 전에 들를 데가 있었다. 헤어진 남자 친구와 그의 작업실에서 만나야 했다.

남자 친구는 지인과의 술자리에서 만났다. 처음에는 관심이 없었지만 어쩌다보니 작업실에 놀러 가게 되었다. 작업실은 원래 개척교회였던 지하실이었다. 많은 개척교회가 그러하듯이 문을 닫으면서 남자 친구가 그 자리에 들어간 것이다. 남자 친구는 교회의 설교 단상과 십자가를 그대로 두고 사용했다. 부모님의 이혼 이후 교회라는 공간 자체에 거부감을 가지고 있던 내가 따지듯이 물었다.

"왜 이걸 놔두고 써요?"

"보라고."

그가 맥주를 들고 웃으며 말했다. 나는 그의 그림을 보고서 그의 말을 이해했다. 그의 그림은 얼핏 보면 성화 같았다. 전부 성경에 나오는 예수의 모습을 그려낸 것이었다. 마구간의 아기 예수부터 십자가에 달린 예수까지.

그런데 그 모든 예수의 얼굴은 내가 유치원에서 아빠의 얼굴을 그리려고 했을 때 떠올랐던 이미지와 비슷했다. 분명 눈과 코와 입이 있지만 사람의 얼굴이 아닌 것 같은.

그림을 그리는 아이들 사이에서 혼자 울음을 터뜨렸던 기억이 되살아났다.

'이 사람은 내가 본 것처럼 본다.'

나의 내면에만 존재하는 그림을 그려낸 그가 소울메이트처럼 느껴졌다. 난 그의 그림 속에 녹아드는 것 같았다.

원래의 아빠가 어찌 알았는지 남자 친구에 대한 이야기를 꺼냈다. 사람을 시켜 뒷조사라도 한 것처럼 자세한 정보였다. 그 정보들을 퍼즐처럼 맞추면 내가 알지 못했던 남자 친구의 얼굴이 나타났다.

나쁜 남자가 매력이 있다는 말은 틀렸다. 매력이 있으면 나쁜 행동도 용납이 되는 것뿐이다. 매력이 있으면 싸가지가 없다는 말 대신 개성이 강하다는 말을 듣는다. 제멋대로 행동할 뿐인데 자유로운 영혼이라는 말을 듣는다. 온갖 궤변을 늘어놓아도 관점이 독특하다는 말을 듣는다.

퍼즐로 맞춰진 남자 친구의 얼굴은 싸가지 없고 제멋대로인 데다 입만 열면 거짓말을 하면서 그 거짓말이 들키면 온갖 궤변으로 상황을 모면하는 사기꾼의 얼굴이었다. 그리고 다시 말하지만 매력이 있으면 놀랍게도 이런 나쁜 면들을 무시하고 만다.

나는 심통이 나서 부모가 완성해준 퍼즐을 엎어버리는

아이처럼 원래의 아빠가 내놓은 정보를 없애버렸다. 그리고 남자 친구에게 달려가 이별을 고하는 대신 원래의 아빠가 날 사랑하지도 않으면서 지배하려 든다고 화를 냈다.

남자 친구는 내 아픈 상처에 침을 발라주는 것처럼 공감의 말을 쏟아냈다. 그런 행동은 오히려 상처를 악화시킬 수도 있지만 나는 사랑받고 있다고 느꼈다. 감동한 나는 누구에게도 털어놓은 적이 없는 비밀을 말하고 싶어졌다.

'나와 같은 감각을 갖고 있는 이 사람이라면 이해해줄 것이다.'

나는 다른 아빠의 존재를 남자 친구에게 말했다. 신비하게도 다른 아빠의 이야기를 꺼내는 것만으로도 내 마음은 평안을 되찾았다.

하지만 남자 친구의 반응은 뜻밖이었다.

"너 약 하니?"

"……."

내 침묵을 그는 긍정으로 여겼는지 작업실에 숨겨놓은 약을 꺼내 왔다.

알고 보니 남자 친구는 원래부터 나를 자신과 같은 약쟁

이인지도 모른다고 생각하고 있었다. 내가 남자 친구의 그림을 보고 나도 같은 것을 본 경험이 있다고 말했기 때문이다. 나는 그와 나의 영혼이 소통하고 있다고 여겼지만, 그 그림들은 전부 다 약에 취해서 그린 것이었다.

매력은 쓰레기가 가득한 방을 가리는 가림막처럼 모든 허물을 덮어버리지만, 영원하지도 완벽하지도 않다. 마법처럼 사랑에 빠진 순간이 실은 가림막 뒤에서 벌어진 얄팍한 속임수일 뿐임을 알게 되면 매력은 온데간데없이 사라진다. 음울한 매력이 있던 눈동자는 탁하기 그지없는 영혼의 창이고, 화려한 화술은 진실이라곤 찾아볼 수 없는 말장난일 뿐이다. 이별은 어려울 것이 없는 선택이었다. 하지만 그는 이별을 받아들이지 못했다.

남자 친구는 다시 만나주지 않으면 죽겠다며 자신의 목숨을 갖고 나를 협박했다. 그야말로 사랑하지도 않으면서 나를 지배하려고 드는 인간이었다. 내가 전화와 문자를 차단하자 그가 메일을 보내왔다. 크리스마스이브에 자신의 작업실에서 만나자는 내용이었다. 그는 이번엔 자기 목숨 대신 다른 것으로 나를 협박했다.

"와서 네 그림 가져가."

'네 그림'이란 나에게 선물한 그림이 아니라 나를 그린 누드화였다.

돌이켜보면 왜 그렇게 경솔한 짓을 했을까 싶지만, 그때는 오로지 눈앞의 감정만이 전부고 가장 진실하게 느껴졌던 순간이었다.

나는 마지막으로 한 번만 더 그를 보기로 했다. 그에게 그림을 받아서 그의 눈앞에서 찢어버릴 것이다.

겨울비가 우산 위를 시끄럽게 두드렸다. 그 소리가 경로를 이탈했다는 경고음처럼 들렸다.

'복음교회'

작업실 입구에는 사라진 교회의 입간판이 있었다. 지하로 내려가는 입구가 어두컴컴한 괴물의 입속 같았다. 나도 모르게 목에 건 십자가 목걸이를 만지작거렸다. 다른 아빠가 선물해줬지만 서랍 속에만 넣어두었던 목걸이였다. 물론 괴물을 퇴치해줄 것 같아서 하고 온 건 아니었다.

목에 걸기까지는 망설였지만 크리스마스이브이기도 하고 저녁 약속에서 목사님과 만나니 적절한 아이템 같았다.

미리 알아보니 유진신 목사는 현직 시절에 유명한 법의학자였다. 분명 내 소설에 큰 도움을 줄 수 있을 것 같았다. 하지만 무엇보다 큰 이유는 다른 아빠였다. 다른 아빠에게 이 목걸이를 한 모습을 보여주고 싶었다.

나는 우산을 접고 계단을 내려갔다. 작업실 문은 열려 있었다. 문을 열자마자 역한 냄새가 밀려 나왔다. 나는 얼굴을 찌푸리며 안으로 들어갔다. 작업실은 원래도 정리가 잘 되어 있지 않았지만 지금은 어디서부터 손을 대야 할지 모를 정도로 엉망이었다. 자신의 정신 상태를 예술적으로 표현한 것 같은 쓰레기 더미 안쪽에 그가 앉아 있었다.

"어디 있어?"

내가 그에게 다가가 말했다. 초점 없는 눈동자가 정처 없이 헤매다가 나를 포착했다.

"……하야."

벌어진 입에서 한숨 같은 말이 새어 나왔다. 무슨 약을 했는지 온몸이 축 늘어져 있어 말조차 제대로 하지 못했다.

그는 괴물이 아니라 망가지고 병든 영혼이었다. 날카로운 이를 드러내며 나에게 덤벼들기는커녕 자기 발로 땅을 딛고 서기도 힘겨워 보였다. 괴물은 내 뒤편에서 나타났다.

"선하야."

뒤를 돌아보자 한 중년 남자가 서 있었다. 남자는 레이먼드 챈들러가 쓴 소설 속의 탐정 필립 말로처럼 차려입었다. 중절모에 트렌치코트 차림이었고, 검은색 뿔테 선글라스를 썼다. 입에는 담배를 물고 있다. 필립 말로의 패션을 충실하게 따랐지만 남자에겐 전혀 어울리지 않았다. 나는 그 모습이 우스꽝스럽기보다는 소름이 끼쳤다.

"왜 계속 따라오는데? 싫으니까 괴롭히지 말라고 했잖아!"

내가 소리쳤다.

남자는 물고 있던 담배를 바닥에 던져 발로 비벼 껐다.

"괴롭히는 게 아니야. 지켜주려는 거지."

남자가 턱짓하며 계속 말했다.

"저놈이 집에 찾아왔을 때 누가 그걸 막아줬지?"

"막아달라고 한 적 없어! 경찰을 부르려고 했다고!"

"경찰? 와봐야 무슨 소용이야? 저 약쟁이가 무슨 짓이라도 벌이지 않으면 그냥 훈계만 하고 갈 뿐이지. 하지만 내가 지켜주니까 다시는 네 앞에 나타나질 못했잖아."

"대신 당신이 날 괴롭히고 있잖아!"

남자가 자신의 입술에 손가락을 갖다 대었다.

"말조심해. 그렇게 말하면 화가 나니까. 날 그렇게 말하면 안 되지. 저놈이 왜 저렇게 됐는지 알아? 물론 결국은 저렇게 될 놈이었지. 약쟁이의 최후란 건 늘 저런 식이니까. 다만 내가 그 시기를 조금 앞당겨줬어. 너를 위해서 한 거야. 너를 위해서……."

남자가 말을 하다가 내 목에 걸린 목걸이를 가리켰다.

"목걸이를 했네? 그 목걸이 싫어하잖아? 왜 했지?"

"나 가봐야 해요."

내가 남자의 말을 무시하고 그의 옆으로 지나가려고 했지만 남자는 슬쩍 옆으로 움직이며 내 앞길을 막았다.

"어딜? 그 카페에? 형사랑 목사를 만나려고? 그 목걸이도 그래서 한 거야? 목사 놈한테 환심이라도 사려고?"

남자가 내 앞을 가로막고 자신의 가슴을 텅텅 쳤다.

"내가 도와준다고 했잖아! 내가 바로 탐정이라고! 취재를 하려면 그런 늙다리들이 아니라 나를 해야지!"

"……."

내 얼굴이 일그러졌다. 그런 나를 보고 남자는 오히려 기뻐하는 눈치였다.

"왜? 놀랐어? 나는 너에 대해서 모든 걸 알고 있어. 모르는 게 없어!"

남자가 다가오자 나는 뒷걸음질을 치면서 손에 잡히는 것을 전부 남자에게 집어 던졌다. 하지만 대부분 그림이라 남자는 팔을 휘둘러 쉽게 막아냈다. 그러다 날카로운 물건 하나가 내 손에 잡혔다. 공업용 커터 칼이었다. 나는 날을 빼서 치켜들었다. 하지만 남자는 내 손에 들린 칼이 아니라 내가 던진 그림을 잡아서 보고 있었다.

"이거 너구나?"

남자가 웃으며 그림을 내게 보여주었다. 나는 커터 칼을 쥔 손에 힘을 주고 이를 악물었다.

"엄마랑 꼭 닮았네……."

남자가 그림을 보며 감탄하듯 말했다.

"뭐?"

내가 되묻자 남자는 아름다운 추억이라도 회상하는 얼

굴로 입을 열었다.

"오래전에 본 적이 있어. 그 순간이 잊히지가 않아. 알고 싶어?"

"당신 도대체 누구야?"

"나? 나는 네 아빠가 널 지키라고 보낸 사람이야. 널 지키는 사람이라고!"

나는 갑자기 정신이 멍해졌다.

"……뭐라고?"

"그런데 네 아빠가 요즘 이상하긴 해. 원래도 가끔씩 이상했지. 다른 사람이 된 것처럼……. 네 말대로 정말 다른 아빠가 있는 건가?"

다른 아빠의 이야기는 남자 친구에게만 했다. 남자 친구가 떠들어댄 것이 아니라면 지금 이곳을 도청이라도 한 게 분명했다.

"뭐 상관없지."

남자가 혼잣말처럼 중얼거리더니 그림을 방패 삼아 다가왔다. 내가 커터 칼을 휘두르자 그림이 쭉 찢어졌다. 하지만 남자는 그 틈에 내 손에서 커터 칼을 빼앗았고 나는 설교단상에 걸려 넘어지고 말았다. 남자는 미소를 지으며 나에게 다가왔지만 나는 더 이상 남자를 보지 않았다. 설교단상 뒷면에 나무 십자가가 달려 있었고 그 뒤로 붉은 휘장이 가림막처럼 설치되어 있었다. 그 휘장 뒤편에서 불빛이 번쩍였다.

"어? 뭐야?"

남자가 내 시선을 쫓아 그 불빛을 발견했다. 불빛은 십자가 근처에서 움직이다가 사라졌다. 불빛을 쫓던 남자의 시선이 흔들렸다.

"거기 뭐냐고!"

남자가 화가 나서 소리쳤다.

"그만 해라."

휘장 안에서 누군가 대답했다. 십자가 뒤에서 울려 퍼진 그 음성은 꼭 신의 목소리 같았지만 휘장을 걷고 나온 사람은 사람의 아들이었다.

"다 끝났다. 성태야."

다른 아빠가 말했다.

18.

"사장님……."

변성태는 놀라서 말을 잇지 못했다.

작가의 인생에서는 스토커로 만났고, 이쪽에서는 흥신소 직원으로 만나서 함께 일했던 변성태는 결국 다시 스토커로 돌아가고 말았다.

범인이 헤어진 남자 친구가 아니란 것은 눈치채고 있었다. 내가 선물한 십자가 목걸이 때문이다. 선하는 어려서부터 마음에 들지 않는 옷이나 신발은 어떻게 구슬려도 거부했다. 십자가 목걸이는 선하에게 보기만 해도 부아가 치미는 물건이었다. 그걸 선물해준 사람과 만날 때도 안 하는데 헤어진 남자 친구와 만나면서 하고 있었을 리가 없었다.

범인이 십자가 목걸이를 챙겨 간 이유는 전 남자 친구에게 범행을 뒤집어씌우기 위해서였다. 십자가 목걸이의 존재를 아는 사람은 선물을 한 나와 받은 선하, 그리고 선물을 대신 전해준 변성태뿐이었다. 게다가 변성태는 산업 스파이로 활동할 정도로 술수에 능한 인간이었다.

원래의 아빠는 선하가 만나는 사람이 있다는 사실을 알고 변성태에게 조사를 지시했을 것이다. 나는 변성태가 갖고 있는 어두운 면을 알고 있지만, 원래의 아빠에게 변성태는 아내의 불륜 현장을 잡아낸 유능한 조사원일 뿐이다. 실제로 변성태는 자신의 역량을 발휘해 남자 친구의 구린 구석을 밝혀냈으니 그 선택이 틀렸다고 할 수도 없었다. 변성태가 선하의 스토커가 되어버릴 줄은 몰랐을 테니까.

선하가 언제 어디서 누구에게 살해당하는지 알고 있다고 해서 범행을 막기는 쉽지 않았다. 저놈이 내 딸을 12월 25일에 죽일 겁니다, 라고 신고한들 변성태를 잡아가지는 않을 테니까.

선하를 살리려면 변성태보다 영리하게 움직여야 했다. 나는 선하 아버지의 인생으로 돌아오자마자 선하와 잡은 약속 장소를 바꾸었다. 작가인 나의 인생에도 동일하게 존재했던 유진신과 성요한의 도움을 받기로 했다. 털어놓는다고 믿어줄 가능성은 없기에 나는 우선 선하의 작품 취재를 돕는다는 명목으로 자리를 만들었다.

스토커로 돌아온 변성태는 선하를 주시하고 있을 터였다. 형사와 이야기를 나누는 모습을 보여주는 것만으로 압박을 줄 수 있었다. 작가의 인생에서도 변성태는 내가 성요한과 통화한 내역을 보여주자 겁을 집어먹었으니까.

나는 한술 더 떠 변성태를 따로 만나 선하가 친하게 지내는 것 같으니 성요한에 대해서 조사해달라고 지시했다. 성요한은 이곳에서도 강직하고 집요한 형사였다. 나이는 50줄에 들어섰지만 여전히 새벽마다 일어나 유도로 몸을 단련하는 강골로 강력범죄자들도 두려워할 정도의 베테랑 형사가 되어 있었다.

함께 자리를 만든 유진신도 마찬가지였다. 변성태가 전

남자 친구에게 죄를 뒤집어씌우려면 현장과 증거를 조작해야 했다. 한때 국과수에서 에이스 소리를 들었던 법의학자가 지인으로 있다면 부담을 가질 만했다.

변성태가 한 말 중에 거짓이 아닌 것이 있다. 나는 변성태에게 선하가 스토커에게 고통을 받고 있는 것 같으니 선하를 지키라고 말했다. 내가 스토커의 존재를 알고 있다는 경고이자 암시였다. 너는 선하를 지키는 사람이다. 그러니 선하를 다치게 하면 안 된다는 메시지를 심어준 것이다. 가능하다면 변성태가 범행을 저지르지 않게 만들고 싶었다. 그것이 모두에게 가장 좋은 결과일 테니까.

최후의 만찬에서 예수는 유다가 자신을 팔아넘길 것을 알고 있었다. 하지만 예수는 배신자인 유다의 정체만 빼놓고 누군가 자신을 팔아넘길 것과 결국 그자에게 임하게 될 심판을 말했다. 나는 예수가 배신자 유다조차 끝까지 돌이키기기를 바라며 그렇게 행동했다고 생각한다. 하지만 유다는 악령에 사로잡혀 잘못된 길로 갔다. 변성태도 마찬가지였다.

나는 변성태가 일을 저지를 것을 알고 현장에 가 있었

다. 안에 들어가기는 쉬웠다. 변성태가 조사한 대로 선하의 전 남자 친구는 이미 망가진 중독자였다. 그에게 필요한 것은 오로지 약과 약을 살 돈이었다. 나는 그에게 돈을 주었고, 그는 스스럼없이 나를 안으로 들였다. 그다음은 십자가 휘장 뒤에서 기다리는 것이었다.

휘장 뒤편에는 사람 한 명이 벽에 붙어 서 있을 정도의 공간밖에 없었다. 나는 두터운 외투를 벗어놓고 얇은 티셔츠 차림으로 휘장 뒤에 숨었다. 싸늘한 기운이 벽을 타고 등허리에 전해져왔지만 나는 저격수처럼 숨을 죽이고 변성태를 기다렸다. 마침내 변성태가 나타났을 때 나는 당장이라도 뛰쳐나가고 싶었다.

하지만 단순히 변성태가 현장에 등장한 것만으로는 안 되었다. 사람을 따라다니는 것만으로 처벌을 하기가 힘들었다. 게다가 변성태는 얼마든지 현장에 온 이유를 둘러댈 수 있었다. 변성태를 확실하게 잡아내려면 혐의가 분명해질 때까지 기다려야 했다. 밖에서 들리는 소리를 녹음하면서 나는 언제 나가야 할지를 고민했다. 그저 말로만 하는 위협이 아니라 몸싸움이 시작되는 소리가 들릴 때 나는 밖으로 나갔다. 변성태의 손에 칼이 들려 있었다.

"지금 성요한 형사가 오고 있어. 금방 도착할 거야."

내가 휴대폰을 들어 보이며 말했다. 휘장 뒤에서 나온 불빛은 내가 휴대폰을 켜고 연락을 하면서 새어 나온 것이었다.

"이런 결말이 되어서 유감이다."

변성태가 눈을 치켜뜨며 고개를 저었다.

"내가 뭘 잘못했는데? 이 칼? 당신 딸이 나한테 휘두른 걸 뺏은 거야! 엄연한 살인미수고 내가 피해자라고!"

변성태가 주변을 둘러보며 계속 말했다.

"남자 친구랑 같이 약이라도 하는지 걱정이 되어서 와본 것뿐이야. 다른 아빠가 있느니 어쨌느니 말도 안 되는 소리를 하니까 걱정이 되어서 말이야. 당신이 그렇게 하라고 시켰잖아! 딸을 지켜보라고!"

"네가 한 말을 다 녹음했어. 저 친구를 저 지경으로 만든 게 너라며?"

내가 이 난리 중에도 약에 취해 제대로 반응도 못하는 녀석을 가리키며 말했다.

"제가 어떻게 그런 걸 합니까? 그냥 허풍 좀 떨어봤지요. 그게 죄인가요?"

변성태가 밉살맞게 웃었다.

"그렇네. 증명하기가 쉽지는 않겠어."

내가 패배를 인정하듯 고개를 끄덕이자 변성태는 만면에 웃음이 가득했다.

하지만 내가 이어서 한 말에 변성태의 얼굴이 구겨졌다.

"산업 스파이 형량이 얼마나 되는지 알아?"

"……그게 무슨 말이야?"

변성태의 목소리가 떨렸다.

"옛날에 나한테 보여줬던 설계도, 중국에 넘겼지?"

"그건 나 혼자 한 게 아니잖아!"

변성태가 버럭 소리를 질렀다.

"맞아. 나하고 같이 했지. 그러니까 같이 벌을 받도록 하자."

"……."

"나는 아무것도 숨기지 않고 다 말할 거야. 그간 조금이라도 문제가 있는 행동이 있었는지 살펴보고 추궁하지 않은 죄까지 다 자백할 거야."

"미쳤어? 그럼 우리 둘 다 죽어!"

변성태의 이마에 핏줄이 불거졌다.

"맞아. 죽으려고."

내가 덤덤하게 대답하자 변성태는 혼이 빠져나간 것 같았다.

"내가 각오가 부족했어. 처음부터 내가 죽을 생각을 했으면 해결될 문제였는데……."

내가 씁쓸한 미소를 지으며 말했다.

"아빠…… 이게 무슨 말이야?"

영문을 모르고 듣고 있던 선하가 끼어들었다.

"미안하다. 선하야. 내 잘못이야. 이제부터 바로잡을게."

"잠깐만! 산업 스파이이건 뭐건 아빠가 한 거 아니잖아! 아빠는……."

다른 아빠잖아, 라고 선하는 말하고 있었다.

"기억 안 나? 나는 네 아빠가 맞다고 했잖아. 어제까지와는 다른 오늘의 아빠라고."

선하가 불안한 얼굴로 고개를 끄덕였다.

"오늘의 아빠로 살기 위해서 어제까지 한 일을 책임지려는 거야. 나는 네 아빠로 살기를 택했으니까."

"왜? 왜 하지도 않은 잘못을 대신 책임져?"

선하가 이해할 수 없다는 듯 물었다.

나는 어떻게 말해야 할까 고민하며 선하를 물끄러미 보았다. 하지만 답은 멀지 않은 곳에 있었다.

"목걸이 잘 어울린다. 예뻐."

내가 웃으며 말했다.

선하와 내가 대화를 나누는 동안 변성태는 고개를 숙이고 혼자서 알아들을 수 없는 말을 중얼거렸다.

"변성태. 정신 차려. 인생이 끝난 거 같겠지만 그렇지 않아."

내가 말하자 변성태가 고개를 들었다. 핏기가 싹 가신 얼굴이 괴이하게 느껴졌다.

"죽으려면 혼자 죽어!"

변성태가 커터 칼을 들고 나에게 달려들었다. 막을 틈도 없이 칼날이 내 몸에 박혔다. 선하가 비명을 지르자 변성태가 선하를 돌아봤다. 변성태의 눈에서 살의가 번뜩였다.

"아악!"

나는 고통에 비명을 지르면서도 칼날을 빼려는 변성태의 손목을 잡고 내 몸 쪽으로 끌어당겼다. 잔뜩 성이 난 변성태는 손목을 빼려다 다시 내 쪽으로 몇 차례 쑤셨지만 나는 놈을 끌어안고 몸부림쳤다. 그 순간, 커터 칼의 날이 '뚝' 하고 부러지는 것이 느껴졌다. 변성태가 쥐고 있는 짧은 커터 칼은 더는 사람을 죽일 흉기가 되지 못했다. 하지만 얼굴에 휘두른다면 커다란 상처를 입힐 수도 있었다.

"안 된다……."

내가 놈에게서 떨어지며 말했지만 변성태는 잔인한 얼굴로 일어나 선하를 노려봤다. 하지만 악령의 힘이라도 빌린 것 같은 변성태의 악행은 거기까지였다.

"그만!"

성요한은 지하실 안이 쩌렁쩌렁하게 울릴 정도로 호통을 치며 안으로 들어왔다. 변성태는 경고를 무시하고 성요한에게 달려들었다. 성요한은 변성태의 팔을 붙잡고 그대로 엎어치기를 했다. 변성태의 몸은 바닥에 떨어진 밀가루

포대처럼 '퍽' 하는 소리를 내며 바닥으로 고꾸라졌다. 비명조차 내뱉지 못한 변성태는 그 자리에 누워서 몸이 뭉개진 바퀴벌레처럼 꿈틀거렸다.

하지만 내 형편도 좋지는 않았다. 나는 쇼크로 의식을 잃어갔다. 눈이 감기는데 선하의 목소리가 들렸다.

"아빠!"

내가 눈을 번쩍 뜨고 선하를 보았다. 성요한이 다가와 상처를 확인하고 말했다.

"선생님. 곧 구급차가 올 겁니다. 조금만 버티세요."

성요한은 선하에게 '계속 말을 걸라'고 시키고 시야에서 사라졌다.

"아빠, 들었지? 이제 곧 병원으로 갈 거야. 괜찮아. 조금만 참으면 돼. 응? 아빠, 내 말 듣고 있지? 아빠!"

선하는 잠시라도 말을 멈추면 내가 떠나기라도 할 듯이 필사적으로 외쳤다.

내가 피 묻은 손을 들어 입술에 갖다 대며 말했다.

"시끄럽다. 녀석아. 머리 아파."

내 여유 있는 모습에 선하의 얼굴이 잠시나마 환해졌다.

하지만 허세를 부릴 시간은 얼마 남지 않았다.

"선하야."

내가 손을 내밀자 선하가 내 손을 덥석 잡았다.

"계속 글을 써라."

내 말에 선하가 고개를 연신 끄떡였다.

"응! 계속 쓸 거야! 나 쓰고 싶은 게 많아. 그러니까 아빠가 다 읽어줘야 돼!"

"……."

내가 아무 말도 없이 웃고만 있자 선하의 얼굴이 일그러졌다.

"대답해! 딸이 글을 썼으면 읽어줘야지! 빨리 대답해. 빨리!"

선하가 떼를 쓰는 어린아이처럼 말했다. 하지만 나는 선하가 원하는 답을 해줄 수 없었다.

"……엄마를 너무 미워하지 마라."

내가 힘겹게 말하자 선하가 고개를 저었다.

"싫어! 그런 말 하지 마! 이대로 가면 아빠도 미워할 거야!"

선하가 잡고 있던 내 손에서 점점 힘이 빠져나갔다. 선하가 축 늘어지려는 내 팔을 양손으로 기도하듯 움켜쥐고 급하게 외쳤다.

"아니야! 안 미워해! 엄마도 아빠도 안 미워해 …… 그러니까 가지 마……."

선하는 울음을 삼키며 사정하고 또 사정했다. 하지만 이 이야기의 마지막 문장을 써야 할 시간이 다가오고 있었다.

후회로 가득한 인생이었다. 아무것도 이뤄내지 못한 삶이라고 생각했다. 하지만 나는 선하를 보며 내가 이미 가장 아름다운 이야기를 써냈다는 사실을 깨달았다.

좋은 작가가 되려면 무엇을 해야 하나, 좋은 아빠가 된다는 것은 무엇일까, 평생을 바라고 고민하고 노력했지만 답은 간단했다. 좋은 작가도, 좋은 아빠도 결국 끝까지 사랑하기를 선택한 사람일 뿐이었다. 그리고 나는 조금도 후회하지 않았다.

"널 사랑하지 않는 것은 불가능해."

내가 온 힘을 다해 말하자 선하가 울음을 멈췄다. 마지막으로 깜빡이는 눈에 선하의 얼굴이 선명하게 보였다. 선하가 눈물을 닦으며 환하게 웃고 있었다.

그래. 울지 마라. 내 딸아.

이 이야기의 끝은 죽음이 아니니까.

19.

눈을 떴다. 높고 푸른 하늘이 보였다. 마지막으로 누워서 하늘을 본 적이 언제였던가. 기억이 나지를 않았다. 하늘을 보는 것은 공짜인데 왜 그동안 하늘을 보지 않았을까.

'깡' 하는 청명한 소리와 함께 파란 하늘에 하얀 공이 지나갔다. 나는 놀라서 몸을 일으켰다. 내가 누워 있던 곳은 야구장 외야였다. 연습 중인 듯 유니폼을 입은 사람들의 모습이 보였다. 포수 복장을 한 동양인이 나이가 지긋한 서양인 부부와 함께 이야기를 나누다가 나를 보고 다가와서 말을 걸었다.

"작가님. 안녕하세요!"

"절 아세요?"

"그럼요. 유명한 작가님이시잖아요."

그 말을 듣는 순간, 이건 현실이 아니란 생각이 들었다.

'꿈?'

나는 변성태의 칼에 옆구리를 맞고 눈을 감았다. 커터 칼치고 칼날이 무식하게 컸지만 실은 의식을 잃었을 뿐인가. 병원에 이송되어 안정을 찾고 꿈을 꾸고 있는 것인가.

나는 손을 들어보았다. 내 몸은 다시 젊은 시절의 나로 돌아가 있었다. 옆구리를 만져봤지만 통증은 느껴지지 않았다.

"나중에 야구공에 사인 한번 해주세요."

어려운 일은 아니었다. 하지만 이곳이 꿈속이라면 다시 만날 일이 있을까. 빈말을 못하는 병은 여전히 고쳐지지 않아 나는 쉽사리 대답하지 못했다.

"다시 만나게 될 겁니다."

남자가 내 마음을 읽은 것처럼 웃으며 말했다.

나는 남자와 인사를 나누고 선수들이 연습하고 있는 그라운드를 벗어나 옆으로 나왔다. 그런데 관중석에 아는 얼굴이 보였다.

“어?”

내가 소리를 내며 아는 척을 하자 마동석도 나를 보고 웃으며 손을 흔들었다. 마동석은 감독처럼 야구 점퍼를 입고 있었다. 나는 급히 관중석으로 올라갔다.

“여기서 뭐하고 있어요?”

내가 마동석에게 다가가 물었다.

“뭐하긴. 선수들 보지.”

마동석이 웃으며 말했다. 그라운드에서 선수들이 정렬을 하고 인사를 했다. 연습 시합이 시작된 것 같았다. 나는 마동석의 옆자리에 앉았다.

“여긴 어디예요?”

“어디인 것 같아?”

“……꿈속인가요?”

마동석이 고개를 저었다. 나는 그 모습을 보고 가만히 생각하다 다시 입을 열었다.

"나는 죽은 건가요?"

마동석은 또 고개를 저었다.

"안 죽었어요? 나 살아 있어요?"

내가 놀라서 되물었다.

"자네 몸은 지금 병원에 있어."

"그럼……!"

나는 벌떡 일어났다가 마동석이 이어서 한 말에 다시 주저앉았다.

"그쪽 병원이 아니야."

"……네?"

"자네는 지금 검사를 받고 있어."

마동석이 자신의 이마를 두드리며 말했다.

연우가 의사를 데리고 왔지만 나는 다시 의식을 잃었다. 바이털사인은 정상이었지만 의식은 돌아오지 않았다. 내가 기이한 실신을 반복하자 의료진은 내 뇌를 찍어보기로 했다.

나는 뇌에 문제가 생겨 환상을 보는 것일 수도 있다는 유진신의 말이 떠올랐다. 그럼 나에게 찾아온 크리스마스의 기적은 그저 실신 중에 내 무의식이 만들어낸 환상인가.

'당신이 가지 않은 길을 가보게 해주면 어때요?'

사거리에서 마동석을 만나며 시작된 크리스마스의 일들이 떠올랐다.

'그래. 말도 안 되는 이야기지. 다 환상이었던 거야.'

나는 믿기 힘든 진실을 받아들인 사람처럼 고개를 끄덕였다.

"이제 내려가서 봐야겠어."

마동석이 자리에서 일어나더니 손을 내밀며 악수를 청했다. 나는 엉거주춤하게 일어나 그의 손을 마주 잡았다. 마동석의 손바닥에는 수없이 야구 배트를 휘두른 선수처럼 못이 박여 있었다. 그의 손에 박여 있는 못이 고스란히 내 피부에 전해져왔다. 내 옆구리에 박혔던 칼날만큼이나 분명한 실제였다. 마지막으로 본 선하의 얼굴이 생생하게 떠올랐다.

"전부 환상 같은가?"

마동석이 웃으며 말했다.

"……아니요. 진짜 같습니다."

마동석은 미소를 짓더니 내 손을 놓아주고 뒤돌아갔다. 내가 마동석의 뒤에다 대고 소리쳤다.

"저는 이제 어떡하죠?"

"선택을 해야지."

마동석이 돌아서서 말했다.

"저는 이미 선택했는데요? 이제 기회가 없잖아요."

내가 난감한 얼굴로 물었다.

마동석이 그라운드를 돌아보며 말했다.

"나는 야구를 좋아해. 왜인지 아나?"

"……글쎄요?"

내가 고개를 저으며 말하자 마동석은 저길 보라는 듯 손가락으로 한 선수를 가리켰다.

연습 경기를 하던 중 타자가 희생 번트를 대고 주자들을 진루시키며 자신은 아웃이 되었다. 아웃이 된 선수가 더그아웃으로 돌아가자 동료들이 박수를 쳤다.

"야구는 희생의 가치를 아는 스포츠거든. 자신을 죽이고 남을 살리는 플레이를 기록으로 남겨두고 인정해주는 스포츠라니 얼마나 근사한가."

마동석이 흐뭇하게 선수들을 보다가 나를 돌아봤다.

"감독은 희생할 줄 아는 선수를 좋아하지. 다시 한번 타석에 들어서게. 기회를 주지."

내가 놀란 얼굴로 손목시계를 내려다봤다. 시계는 12시 정각에 시, 분, 초침이 겹쳐져 움직이지 않았다.

"어떤 선택을 해도 좋아. 나는 자네가 어떤 선택을 하든지 자네를 지켜보고 있을 거야."

마동석이 탁 트인 야구장을 돌아보며 계속 말했다.

"원한다면 여기 있어도 좋아. 야구를 하는 것도 괜찮지. 하지만 나는 자네가 글을 계속 썼으면 좋겠어. 나는 자네가 쓴 이야기를 좋아하거든."

내가 고개를 들자 마동석이 웃으며 한마디를 덧붙였다.

"빈말이 아니야."

* * *

나는 크리스마스 응급실의 침대 위에서 깨어났다. 옆에 의자가 있었지만 연우의 모습은 보이지 않았다. 내가 자리에서 일어나 커튼을 치우려고 하는데 의사가 먼저 커튼을 열고 안으로 들어왔다.

“어? 깨어나셨네요? 괜찮으세요?”

의사가 놀란 얼굴로 물었다.

“네. 괜찮습니다.”

내가 주변을 둘러보자 의사가 말했다.

“보호자분은 잠깐 나가신 것 같아요. 일단 다시 누워보실까요?”

나는 그럴 필요가 없다고 생각했지만 의사의 지시를 따랐다. 의사는 간단히 내 상태를 체크하곤 설명을 해주었다.

“반복적으로 실신을 한 상태에서 반응이 없으셔서 의식이 없으실 때 뇌를 찍어봤습니다.”

“네.”

내가 짧게 답하고 긴장된 얼굴로 의사의 말을 기다렸다.

“검사상으로는 문제가 없습니다.”

의사의 말이 떨어지자 나는 그제야 참고 있던 숨을 내쉬고 미소를 지었다. 내가 지나치게 안심했다고 생각했는지 의사가 몇 마디를 덧붙였다.

"지금으로서는 괜찮은 것 같지만 상태를 지켜봐야 할 것 같아요. 증상은 있는데 원인이 뚜렷하지 않으니까요."

"네. 이유를 알아야겠지요."

내가 대답하며 손목을 보니 시계가 보이지 않았다. 놀라서 주변을 살펴보니 사물함 위에 손목시계가 놓여 있었다. 영상 검사를 할 때 풀어놓은 모양이었다. 손목시계는 내가 의식을 잃고 있던 사이에 크라운이 아예 빠져 시간을 다시 맞출 수 없었다.

"일단 안정이 되신 것 같으니 병실로 돌아가셔도 좋습니다. 불편한 점이 있으시면 언제라도 말씀해주시고요."

의사가 친절하게 말했다.

나는 고맙다고 인사를 하고 자리에서 일어나 응급실을 나왔다. 이제 자정이 다 되어가는 크리스마스의 병원 로비에 연우가 어떤 남녀와 함께 있는 모습이 보였다. 자세히 보니 날 때려눕힌 태권도 선수와 그의 여자 친구였다. 세 사람은 이야기를 나누다가 거의 동시에 나를 발견했다.

"오빠!"

연우가 먼저 다가와 내 팔을 잡고 여기저기 살펴보았다.

죽었다가 돌아온 사람을 보는 것처럼 믿지 못하겠다는 얼굴이었다.

"괜찮아. 걱정시켜서 미안해."

내가 담담히 말하자 연우의 눈가에 눈물이 차올랐다. 나는 연우를 다독인 후 연우를 따라온 두 사람과 마주했다. 두 사람은 불안한 얼굴로 나를 보고 있었다.

"그쪽을 만나겠다고 한 적은 없는데?"

내가 말하자 놈의 여자 친구가 고개를 숙이며 외쳤다.

"죄송합니다!"

힘찬 목소리에 로비가 쩌렁쩌렁하게 울렸다.

"오빠 입원했다는 말 듣고 응급실을 다 돌아다니면서 찾으셨대. 의식이 없다고 하니까 많이 걱정하셨어."

연우가 어느새 눈물을 닦고 말했다.

"팔을 때렸는데 의식이 없다고 하니까 사기꾼 같았겠네?"

내가 태권도 선수에게 말했다.

놈은 정곡을 찔린 듯 움찔했다. 분명 엄청나게 나를 욕했을 것이다.

"죄송합니다! 정말 죄송해요! 저희가……."

놈의 여자 친구가 고개를 숙이며 연신 사과했다. 감정이 북받치는지 얼굴에서 눈물이 뚝뚝 떨어졌다.

"다 큰 사람이 사과도 남이 해줘야 해?"

내가 태권도 선수에게 말했다.

놈은 일그러진 입을 다물고 주먹을 쥐었다.

"잘못한 거 없으면 그냥 가. 괜히 여자 친구 고생시키지 말고."

내가 돌아서자 연우가 눈치를 보며 따라왔다. 갑자기 뒤에서 '쿵' 하는 소리가 들렸다. 돌아보니 태권도 선수가 무릎을 꿇고 머리를 바닥에 찧었다.

"죄송합니다!"

놈이 우렁차게 외쳤다. 놈의 여자 친구는 놀라서 어쩔 줄을 모르고 있었다.

내가 다가가 그의 앞에서 말했다.

"고개 들어."

놈이 천천히 고개를 들었다. 놈의 이마가 시뻘겋게 달아올랐다.

"오늘 응급실 바빠 죽어. 괜히 일 늘리지 마."

녀석은 눈물이 글썽한 눈으로 나를 보았다. 사과하는 사람의 눈물이 아니었다. 한 방울의 눈물에 녀석의 분노와 후회, 무너진 자존심이 뒤섞여 있었다. 녀석이 방금 바닥에 머리를 박은 것은 사과가 아니라 빌어먹을 세상을 향한 박치기였던 것이다. 말도 안 되는 판정으로 자신의 승리를 빼앗아 간 비열한 어른들을 향한 반항이었다. 물론 팔을 때렸는데 머리를 다쳤다며 한몫을 잡으려는 어른도 그 비열한 어른들의 편이었을 테고.

나는 적의가 가득한 녀석의 눈을 보면서 말했다.

"내가 의식을 잃은 건 너하고 아무 상관도 없어. 네 발차기 때문에 다친 건 어깨뿐이야. 정확한 상태는 의사를 만나봐야 알겠지만 병원비 정도는 감당해야 할 거야."

녀석은 의혹이 가득한 표정으로 얼굴을 찡그렸다. 내가 무슨 말을 하는지 이해하지 못한 눈치였다.

"일어나!"

내가 녀석의 어깨를 잡아 일으켜 세웠다. 녀석은 믿지 못하겠다는 눈으로 나를 보았다.

"패버리려면 널 엿 먹인 심판을 패든가. 왜 아무 잘못도 없는 사람을 패는데?"

"……."

녀석은 내 시선을 피하며 고개를 숙였다.

"그렇다고 진짜 심판을 건드리지는 말고! 기분대로 살지 말고 인생을 소중히 여기란 말이야. 혹시 또 아냐? 언젠가 네가 올림픽 메달리스트가 돼서 자양강장제 광고라도 찍을지."

"……자양강장제요?"

녀석이 무슨 뜬금없는 소리냐는 듯 물었다.

나는 선하의 인터뷰가 실린 신문 광고에서 녀석을 봤다. 공정한 심판과 좋은 어른을 만난 녀석은 부상을 이겨내고 올림픽에 나가 동메달을 딴 스포츠 스타였다.

"말이 그렇다는 거야."

"……하지만 그 새끼들이 있는 한은."

녀석은 생각만 해도 화가 치밀어오르는지 몸을 부들부들 떨었다.

"내일 일은 모르는 거야. 그놈들이 백년 만년 해먹을 것 같아? 그리고 설사 그렇다 해도 너에게는 여전히 선택할 자유가 있어. 그 자유로 아무 상관 없는 사람들한테 화풀이나 하면서 살 거야?"

내가 주먹으로 녀석의 가슴을 툭 치며 계속 말했다.

"선택해. 결과와 상관없이 끝까지 최선을 다하는 스포츠맨으로 살 건지 아니면 민폐나 끼치는 양아치로 살 건지."

녀석은 눈을 질끈 감고 감독 앞에 선 선수처럼 기합을 넣고 외쳤다.

"죄송합니다! 다시는 그러지 않겠습니다!"

자기 앞에 있는 사람이 자신을 정말 아끼고 있다는 것을 아는 자만이 할 수 있는 후련한 사과였다.

"좋아. 사과는 잘 받았다. 고소는 안 할게."

"정말요?"

놀라 대꾸한 사람은 녀석이 아니라 여자 친구였다. 녀석은 입만 벙긋거리고 아무 말도 하지 못했다.

"대신 조건이 하나 있어."

"뭔데요?"

녀석이 급격히 어두워진 얼굴로 물었다. 나는 로비 바깥의 주차장을 가리켰다.

"눈사람을 만들어라."

"네?"

녀석은 물론 여자 친구까지 입을 벌리고 다시 물었다.

"네가 부순 눈사람을 만든 꼬마는 나중에 조각가가 될지도 몰라. 네 꿈이 소중하면 남의 꿈도 소중히 여겨야지. 싫어? 안 만들 거야?"

"아니요!"

녀석과 여자 친구가 입을 모아 말하더니 뛰쳐나갔다.

"이렇게 끝내도 괜찮은 거야?"

연우가 슬며시 옆으로 다가와 물었다.

"크리스마스잖아. 30분만 늦게 왔어도 얄짤없는 거였는데…… 타이밍이 죽였다. 아니 살렸다."

내가 너스레를 떨자 연우가 미소를 지었다. 나는 그 모습을 보고 생각했다.

지금이다. 지금 이 타이밍밖에 없다.

"연우야. 나 할 말이 있어."

연우가 나를 보고 고개를 끄덕였다.

20.

우리는 밖이 보이는 자리에 나란히 앉았다. 크리스마스의 밤은 어제와 오늘 내린 눈으로 하얗게 빛났다. 모든 허물이 덮어진 크리스마스의 연인은 사랑스러운 미소를 서로에게 보내며 함께 눈사람을 만들고 있었다. 우리는 과거의 우리를 보는 양 그들의 모습을 잠시 말없이 지켜보았다.

“잘 어울린다.”

연우가 말했다.

“여자 친구를 잘 만났지.”

연우가 미소를 지었다.

"오빠처럼?"

"그 정도는 아니고. 나처럼 잘 만나는 건 불가능하지."

내가 근엄하게 말하자 연우가 웃음을 터뜨렸다.

"진짜 머리를 다친 거 아냐? 갑자기 너무 다른 사람이 되었는데?"

"그 어느 때보다 멀쩡해."

연우가 말없이 나를 빤히 보자 내가 계속 말했다.

"맞아. 사실 다른 사람이야. 얼굴은 똑같지만 어제까지의 나와 오늘의 나는 달라. 그래서 다르게 느껴지는 거야."

연우가 창밖으로 시선을 돌리며 건조하게 물었다.

"어떻게 다른데? 이제 글은 안 쓸 거야?"

나는 잠시 침묵했다가 연우와 같은 방향을 바라보며 입을 열었다.

"아니, 계속 글 쓸 거야."

"지난 1년 동안 아무것도 안 해놓고 계속 글을 쓰겠다고?"

연우가 다시 나를 돌아봤지만 나는 계속 시선을 앞에 두고 말했다.

"무서웠어. 글을 쓰는 게. 변명 같지만 그래서 아무것도 쓰지를 못했어."

"왜? 뭐가 무서운데?"

나는 밖에서 입김을 불어가며 눈사람을 만들고 있는 태권도 선수를 보았다.

"태권도를 좋아해도 훈련은 괴롭겠지. 실력이 늘고 챔피언이 된다고 해도 마찬가지야. 오히려 올라갈수록 더 노력해야 하지. 시간이 아무리 흘러도 쉬워지지 않아. 저놈도 아침에 일어날 때마다 오늘 해야 하는 고된 훈련을 떠올리면 괴롭기만 할걸."

눈사람을 만들라는 말에 질색하던 녀석은 어느새 아이처럼 웃으며 눈사람을 만들고 있었다.

"그래도 하는 거지. 태극 마크를 달고 올림픽에서 메달을 따는 순간을 그리면서 견뎌내는 거야. 하지만 그 모든 노력이 의미 없이 사라진다면 어떨까? 더는 매일의 고통을 감당할 수 없게 되겠지."

내가 연우를 돌아보며 계속 말했다.

"글을 쓰는 것도 똑같아. 좋아하는 일을 하면 마냥 즐거울 거라 생각하지만 글을 쓰는 건 고통스러워. 첫 책을 낼 때야 멋모르고 했지만, 이제는 한 편의 소설을 완성하는 과정이 얼마나 어려운지 잘 알고 있어. 하지만 언젠가는 내 글이 인정받을 날이 올 거라고 믿고 늘 노력했지."

하지만 10년이 지나도 그런 날은 오지 않았다. 어느 날, 나는 더는 글을 쓸 수 없었다. 소설을 쓰기 위해 견뎌야 할 매일의 고통을 감당할 수가 없었다. 첫 문장을 적으려 하면 마지막 문장을 적을 때까지 내가 짊어져야 할 고통의 무게가 생생히 느껴졌다. 이를 악물고 글을 쓰려 할 때마다 마음 깊은 곳에서 소리가 들렸다.

'네가 쓴 글은 아무런 의미도 없어. 아무도 네가 쓴 글을 보지 않아. 그런데 왜 그런 고통을 감당하려 하지?'

내 손은 온통 눈으로 뒤덮인 것 같은 하얀 모니터 앞에서 움직이지 못했다.

"처음 작가가 되겠다고 결정했을 때 스스로에게 약속했어. 어떤 고난도 견뎌내겠다고, 설사 비참한 미래를 맞이한다고 해도 절대 후회하지 않겠다고……."

나는 결혼식장에서 영원을 서약하는 신랑처럼 다짐했다. 하지만 쇠라도 녹일 것 같던 뜨거운 마음은 혹독한 인생의 겨울 속에서 서서히 식어갔다. 내가 영원한 사랑이라고 여겼던 마음은 한순간의 열정일 뿐이었다. 내가 아무것도 몰랐다는 사실을 깨닫고 나는 한 가지 질문 앞에 서게 되었다.

'지금까지의 결과를 다 알고 그때로 돌아간다면 내가 다시 작가의 길을 선택할까.'

나는 씁쓸한 얼굴로 고개를 저었다.

"대답할 수가 없었어. 실패할 줄 빤히 알면서도 어떻게 또 작가가 되겠다고 하겠어."

"그렇게 고통스러우면 그만두면 되잖아! 왜 계속하려는데?"

도무지 이해할 수 없다는 얼굴을 한 연우에게 나는 미소를 지어 보였다.

"계속 생각이 나……."

특별할 것 없는 일상의 순간들에도 사랑하는 사람을 떠올리는 것처럼 나는 쓰고 싶은 이야기가 떠올랐다.

잠에서 깨어 방의 천장을 바라보고 있을 때도, 동네 공원에서 꼬마 녀석이 눈사람을 만드는 것을 보고 있을 때도, 병원에서 내 차례를 기다리고 있을 때에도.

'이런 이야기를 써보면 어떨까.'

'저 녀석은 소설 속에 등장시켜도 좋을 캐릭터네.'

'의사가 한 말은 대사로 써먹어야지. 제목은 뭐가 좋을까. 주인공 이름은…….'

머릿속에서 제멋대로 이야기가 떠올랐다. 그 어느 때보다 글을 쓰고 싶었다. 정말 좋은 작품이 될 거라는 생각에 가슴이 두근거렸다. 하지만 글을 쓰려 할 때마다 나를 주저앉혔던 소리가 또다시 들렸다.

"글을 쓰면 뭐해. 그렇게 애써봐야 아무도 보지 않을 텐데, 라는 생각이 들었어."

연우가 안타까운 눈으로 나를 보았다. 나는 그런 표정 짓지 말라는 듯 웃어 보였다.

"그런데 말이야. 그래도 나는 글이 쓰고 싶더라. 속으로 외쳤어. 상관없어! 아무도 보지 않아도 나는 글을 쓰고 싶어!"

"오빠……."

"나는 이제 다 알아. 작가로 살아간다는 게 얼마나 힘든지, 애써 쓴 글이 외면받는다는 게 얼마나 비참한 일인지도 알아. 다 아는데도 계속 글을 쓰고 싶어. 모든 것이 엉망이 되었는데도 여전히 글을 쓰고 싶어."

나는 이제야 오래전 아무것도 모르고 했던 영원의 서약을 다시 할 준비가 되었음을 알았다.

"다시 돌아가도 나는 작가가 될 거야. 오늘이 다시 올 줄 알면서도 같은 길을 택할 거야. 어쩌면 앞으로도 상황은 그대로일지 모르지. 내가 죽고 나서도 달라지지 않을 수 있어. 하지만 나는 끝까지 글을 쓸 거야. 나는 이 일을 사랑하니까."

연우는 가만히 나의 말을 듣고 있다가 조용히 고개를 끄덕였다. 연우의 입가에 희미한 미소가 번졌다.

"알았어. 그럼 해야지! 계속 글을 써. 그게 오빠의 선택이라면 그렇게 해야지."

연우가 씩씩하게 말하더니 자리를 털고 일어났다. 내가 황급히 말했다.

“할 말이 더 있어.”

연우가 돌아보자 내가 말했다.

“결혼하자.”

“응?”

연우가 얼굴을 찡그리며 되물었다.

“결혼하자고…….”

내가 자신이 없어진 목소리로 다시 말했다.

“뭐!”

연우의 목소리가 커졌다. 큰일 났다.

“아니 그니까 내 말은…….”

“어제는 헤어지자더니 오늘은 결혼하자고?”

연우가 기가 막힌 얼굴로 말했다. 내가 뭐라고 변명하려 했지만 연우는 틈을 주지 않았다.

“자기가 글쓰기를 얼마나 사랑하는지 방금 전까지 그렇게 절절하게 떠들어놓고서 나한테는 그냥 결혼하자고? 그 한마디가 끝이야?”

“아…….”

화난 연우의 얼굴 뒤로 로비 벽에 걸려 있는 커다란 시계가 보였다. 이제 크리스마스는 1분도 남아 있지 않았다.

생각해! 너는 작가다. 어서 최고의 문장을 만들어!

나는 속으로 나 자신을 다그쳤지만 시간은 속절없이 흘렀다. 그리고 항상 그렇듯 나는 마감 직전에야 마지막 한 마디를 써냈다.

"사랑해. 글쓰기보다 더."

자정이 되자 시계에서 종소리가 열두 번 울렸다.

나는 종소리가 끝나길 기다리면서 '만큼'이라고 하는 편이 더 진정성 있게 들렸을까 생각했다.

12월 26일. 0시 0분 7초. 연우가 입을 열었다.

"빈말이 늘었네."

내가 고개를 저으며 말했다.

"불치병인 거 알잖아."

연우가 나에게 달려들어 안겼다.

"정말 형편없었어."

연우가 내 품에 안겨 말했다.

"미안해……."

연우가 크게 한숨을 쉬더니 고개를 들고 나를 노려보며

말했다.

“다시는 헤어지자고 하지 마.”

“절대로.”

내가 고개를 끄덕이며 엄숙히 말했다.

‘똑똑’

유리창을 두드리는 소리에 우리가 뒤를 돌아봤다. 태권도 선수와 그의 여자 친구가 양팔을 벌리며 자랑하듯 서 있었다.

“뭐야? 벌써 다 만들었다고? 눈사람은 어디 있어?”

내가 눈을 찡그리며 말했다.

“저 뒤에 있는 거 아니야?”

연우가 밖에 쌓여 있는 눈 더미를 가리켰다.

연우와 나는 숙제 검사를 하는 선생님처럼 병원 밖으로 나갔다.

“여기요. 이거예요.”

태권도 선수와 여자 친구가 주차장 담벼락 근처에 쌓여 있는 눈 더미 위쪽을 가리켰다. 화산의 정상처럼 눈 더미 위쪽이 움푹 파여 있었다. 그리고 그곳에 방금 태어난 아주

작은 눈사람이 누워 있었다. 그 모습이 요람 위에 누운 아기 같았다.

"머리를 잘 썼네."

내가 감탄하듯 말하자 연우가 웃으며 덧붙였다.

"그래도 누군지는 알겠는데."

우리는 아기 예수를 경배하러 온 동방박사처럼 눈사람을 둘러싸고 서 있었다.

나는 아기 예수의 형상을 보며 크리스마스는 역시 기쁜 날이라고 생각했다. 아기 예수가 가장 높은 곳에서 가장 낮은 곳으로 온 이유는 사람들을 사랑하되 끝까지 사랑하기로 했기 때문이니까.

"어, 저기!"

연우가 손을 들어 밤하늘을 가리키며 말했다. 눈이 그친 밤하늘에 유난히 반짝이는 커다란 별 하나가 보였다.

나는 찬란한 별 아래에서 아기 예수를 보며 속삭였다.

메리 크리스마스.

작가의 말

"너는 반드시 후회하게 될 거야."

아버지가 말했다. 작가가 되고 싶다고 말했던 열일곱 살의 봄에 들었던 말이다.

그동안 후회한 적은 없었냐고 묻는다면, 있었다. 인생의 갈림길에 섰던 그때로 돌아가 다시 선택의 기회를 준다면 그래도 다시 작가의 길을 걷겠냐고 스스로에게 물었을 때 나는 선뜻 그러겠노라 대답하지 못했다.

내가 가지 않은 길의 인생은 과연 어떤 것이었을까. 나는 궁금했다. 답은 가까운 곳에 있었다. 나에게 반드시 후회하게 될 거라고 말했던 아버지의 삶이었다.

아버지가 돌아가시고 어머니에게 실은 아버지도 글을 쓰고 싶어 했다는 말을 들었다. 커갈수록 아버지와 닮았다는 말을 들을 때마다 나는 늘 아버지와 나는 조금도 닮지 않았다고 생각했다. 우리는 서로 다른 길을 선택한 사람이니까. 하지만 내 속에서 피어났던 그 열망을 소년 시절의 아버지에게서 발견했을 때 방식이 다를 뿐 우리가 같은 길을 택한 사람이라는 사실을 알았다.

장례를 치르고 일주일도 지나지 않아 지하철 3호선에서 전화를 받았다. 내가 투고한 소설을 출간하고 싶다는 전화였다. 나는 첫 번째 소설의 제일 앞장에 '하늘에 계신 나의 아버지에게'라고 적었다.

나는 천국에 도서관이 있지 않을까 상상하곤 한다. 그곳에 내 책이 있다. 아버지는 내 책을 집어 들고 첫 장을 펼친다. 아버지는 내 소설을 어떻게 읽었을까. 아버지는 어떤 이야기를 쓰고 싶었을까. 아버지는 작가의 길을 포기하고 후회하지 않았을까.

첫 번째 소설을 출간하고 12년이 되어가는 지금 나에게 후회하지 않느냐고 묻는다면, 인생의 갈림길에 섰던 그 순간으로 돌아가 다시 선택할 기회를 준다면, 그래도 또 작가의 길을 택하겠냐고 묻는다면 나는 이렇게 답할 것이다.

갈라진 두 길이 있었다. 나는 사람들이 덜 다닌 길을 택했고 그것이 내 인생을 바꾸어놓았다.

나는 조금도 후회하지 않는다.

찬란한 선택

초판 1쇄 발행 2024년 12월 2일

지은이 이동원
펴낸이 최지연
편집 김민채
마케팅 김나영, 윤여준, 김경민
경영지원 강미연
디자인 수오
표지그림 솔지

펴낸곳 라곰
출판신고 2018년 7월 11일 제 2018-000068호
주소 서울시 마포구 큰우물로 75 성지빌딩 1406호
전화 02-6949-6014 **팩스** 02-6919-9058
이메일 book@lagombook.co.kr

ⓒ 이동원, 2024

ISBN 979-11-93939-19-2 03810

이 책은 저작권법에 따라 보호를 받는 저작물이므로 무단 전재와 무단 복제를 금지하며, 이 책의 전부 또는 일부를 이용하려면 반드시 저작권자와 (주)타인의취향의 서면 동의를 받아야 합니다.

• 라곰은 (주)타인의취향의 출판 브랜드입니다.
• 책값은 뒤표지에 있습니다.
• 잘못된 책은 구입하신 곳에서 바꾸어 드립니다.